Ombres sur la Loue

« Amarante »

Cette collection est consacrée aux textes de création littéraire contemporaine francophone. Elle accueille les œuvres de fiction (romans et recueils de nouvelles) ainsi que quelques récits intimistes.

La liste des parutions, avec une courte présentation du contenu des ouvrages, peut être consultée sur le site *www.harmattan.fr*

Yvonne Dassonville

OMBRES SUR LA LOUE

Roman

L'Harmattan

Du même auteur

Derrière la trame (récit), éditions L'Harmattan, 2004.
Litanies en fa mineur (nouvelles), éditions L'Harmattan, 2010.

© L'Harmattan, 2012
5-7, rue de l'École-Polytechnique ; 75005 Paris

http://www.librairieharmattan.com
diffusion.harmattan@wanadoo.fr
harmattan1@wanadoo.fr
ISBN : 978-2-336-00317-7
EAN : 9782336003177

À ma Franche-Comté natale
À ma famille comtoise
À Marie

L'écrivain peut vous guider et s'il vous décrit un taudis, y faire voir le symbole des injustices sociales, provoquer votre indignation.

Le peintre est muet : il vous présente un taudis ; libre à vous d'y voir ce que vous voudrez.

Jean Paul Sartre,
Qu'est-ce que la littérature ?

Un tableau n'est rien s'il n'arrive à faire penser.
Jean Louis Ferrier

Sommaire

Bonjour Monsieur Courbet...13

La marche initiatique...45

Loue y es-tu ?..57

Bonsoir Monsieur Courbet...91

Lexique franc-comtois...95

BONJOUR MONSIEUR COURBET

Gravissant les hautes marches de ce palais d'Orsay à Paris, je viens à vous l'homme d'Ornans, l'artiste franc-comtois, Gustave le bien nommé, le désespéré aux pensées amères mais aussi celui de l'enfance insouciante, des portraits intimes et romantiques, des mers orageuses ou des fleurs de Saintonge, des grottes de la Loue, résurgence qui jaillit du ventre de la terre, première *Origine du Monde*, grande œuvre surgie de votre imaginaire d'obscurité primordiale, et que je cherche ici.

Pourquoi suis-je là ?

Je viens à vous, bohème révolutionnaire qui s'insurgea contre l'autorité, compagnon de Lamartine et des casseurs de pierres. Me voici sollicitant une place dans l'intimité de votre *Après-dînée à Ornans* où seuls les hommes ont la parole.

Je viens à vous « fou peignant » fanatique et provocateur et je voudrais, un siècle et demi plus tard me glisser dans votre atelier, moi la franc-comtoise de vieille souche.

Quelle place m'y attribueriez-vous ? Qui serais-je dans ce monde trivial du peuple, de la misère, des exploités, des exploiteurs et des gens qui vivent de la mort ?

Mes yeux s'habituent peu à peu à la pénombre de ce lieu. Je progresse dans ce palais d'obscurité et de lumière quand une toile gigantesque m'oblige à stopper net :

UN ENTERREMENT à ORNANS

J'approche, la main protégeant mes yeux. Autour de moi les discours bifurquent dans la dentelure des voix, loin du courant d'air des gares, un climat feutré et religieux s'établit.

Sur sept mètres de long, le peintre a posé la mort avec ses rites : grande vague humaine qui se détache sur l'horizon des falaises calcaires de ce cimetière improvisé. Plus de quarante personnes sur la toile : notables et paysans, vieux et jeunes, ecclésiastique et laïques se déploient de part et d'autre de la fosse.

J'avance, la cendre aux épaules, à fleur de larmes. Plantée devant la toile je me prends à frémir. Tout est clair : c'est mon enfance cent cinquante ans plus tard.

Sur le grand tableau d'ombre les quarante me regardent, calmement, depuis le fond de la nuit. Ces hommes et ces femmes que je croisais autrefois à l'église et au cimetière, m'interpellent.

Résonances des églises d'alors : dedans on entendait les crissements des longs bancs de bois sur les dalles de pierres grises. Puis la double porte capitonnée se refermait en soufflant. L'office des morts commençait : étole, autel, encens, odeur, silence, lenteur et rythme, tout ça jusqu'à nous comme d'une geste immémoriale. Les gens bougeaient peu : croiser et décroiser les mains, regarder ses pieds, sans bouger les jambes ni relever les yeux. Ils n'osaient s'écarter, il aurait fallu se faufiler pour passer. Comment s'évader de ce labyrinthe, échapper à ce monde conventionnel ? Comment colmater ce silence obscène ?

J'éprouvais un plaisir obscur si une vieille faisait résonner sa quinte de toux dans cette forteresse silencieuse ou si un vieux se mouchait d'une façon sonore et claironnante.

J'aurais voulu qu'une colonie de corbeaux croassant s'abatte par les fenêtres muettes, que l'innocent du village surgisse ici et fasse son petit scandale, que des rires d'enfants s'émiettent sans fin, que des bruits clandestins dispersent ces habitudes de vie et de mort comme si une main venait détendre l'arc du silence.

J'aurais voulu qu'une fanfare aux bouffées rauques et dépareillées éclate dans ce temple de représentation, qu'un cheval blanc ivre de vitesse surgisse ici, créature d'effroi, cavale de cauchemar, vertige et menace, attelage infernal dans ce lieu recueilli. Et moi, peut-être cavalière héroïque, franchir cette grande ombre pour me ramener sur la rive du monde vivant et turbulent.

Mais le chien Monsieur Courbet, pourquoi est-il près de la fosse à l'enterrement ? Comment l'ose-t-il ?

Sa présence fait scandale, désacralise la cérémonie dans sa dignité et sa solennité. Sa présence agace car aussi importante que celle de l'officiant, mais elle alimente aussi l'univers symbolique : l'animal accompagnant l'homme dans l'au-delà. Il a même opté pour un vêtement de deuil, pelage blanc et tête noire. Je le reconnais dans son immobilité. Il fait mine de vouloir quitter ce lieu, on dirait que ses tempes battent, vision oblique, corps rétracté, poil ras.

Je le regarde et mon visage est chaviré d'émotion et de jubilation. Lui, devant cette masse noire de corps ici entassés. L'alignement des figures ne lui inspire pas le plus petit effroi. Museau levé, une grande ombre inquiète dans les yeux, que cherche-t-il ?

Sa tête un peu de côté pourrait passer pour un signe d'approbation, mais j'y vois plutôt, par sa présence insolite dans cet enterrement à Ornans, un désir violent de bousculer les codes, de moquer les dignités, de m'accorder cette rupture venue du plus profond exil et déplacer ainsi les repères dans une tonalité d'opérette.

Mon cheval blanc.

Le curé lui, ici, sur la toile, je le reconnais bien, flanqué de deux enfants de chœur, barrette à la main, il pérore sous sa chape de velours noir. Quand je me déplace un peu, je vois clairement son habit sombre et je devine que dessous il est chaudement vêtu, chaussé de gros godillots crottant ses bas blancs. L'hiver est à glace dans ce Haut-Doubs. C'est bien lui, son crâne dégarni, son nez pointu, ses incantations latines que les paroissiens répètent à l'unisson.

Ce sont bien eux, Jules et Constant, les deux enfants de chœur en surplis gaufrés, avec leur goupillon ferraillant dans les glaçons du bénitier, ils secouent leurs clochettes pour débuter le rituel du trépas avec des gestes comptés.

Courbet, la mort me siffle aux oreilles.

Elle me surprenait toujours en flagrant délit d'inattention.

Le peintre me fait remonter les années, respirer au présent en me donnant au passé sans retenue, sans qu'il m'étouffe.

Toi le fossoyeur accroupi, je te reconnais bien : le Charles de la Clémence qui pose sa veste et son bonnet de laine sur les bords de la fosse qu'il vient de creuser, attendant que les porteurs lui livrent le cadavre. Tu es impatient d'en finir car dans ton échoppe de cordonnier, là-bas au village, le travail presse. Les souliers sont affaire des vivants et non des morts. Ils foulent la terre, celle qui te fait vivre cordonnier-fossoyeur, comme si tous tes gestes étaient définitivement arrêtés à un contour de cuir, de limon et de glaise.

Ici, dans un agenouillement de pénitence comme une réalité blessante, ton corps rivé au sol devient inexpugnable. Ton genou est plié comme incrusté, là. Si l'autre est à moitié relevé est-ce pour régner quelque part sur un monde de désordre et sur la mort ?

Sur ton profil figé, un front volontaire, des yeux de cobalt, des joues grisées par une barbe savamment taillée accentuant la carnation des lèvres. Les oreilles surgissent d'une épaisse chevelure, les os saillant sous la musculature d'épaules plus larges que de raison. Un torse d'Hercule se devine sous la chemise blanche. La cravate nouée fait de toi l'homme de la cérémonie à la suprématie indiscutable, car toi seul parmi cette foule massée là, as exploré la réalité du temple nocturne et définitif, son obscur, son froid, son odeur souterraine.

Ton regard tourné vers la bière contient tous les désirs informulés, joue tous les rôles de l'humiliation. Avec un bruit de gravier au fond de ta mémoire, la mort s'organise autour de toi seul.

En ton for intérieur tu as l'impression d'un sac de ciment déversé en toi et rapidement durci.

Ton regard est appuyé vers le cercueil, vers celle ou celui que la terre, ta favorite, avalera avant de les avaler tous les uns après les autres. Regard à l'horizontal qui ne se veut pas du ciel et qui glisse sur un nez pentu jusqu'au rictus de la bouche, mi-grimace, mi-sourire, d'un qui est le seul à fréquenter l'outre-tombe, son âpreté, son goût d'argile dont la chair humaine ne pourra se détacher.

Mais tes mains fossoyeur-cordonnier ? Elles sont ce qu'il y a de plus humain dans ton anatomie. Nostalgie et formes belles, ongles auréolés de bis, elles démentent la dureté de ton visage. Entre ces doigts-là : le cuir travaillé des sandales et des souliers, ressuscité dans une odeur amère, traces de corps, de vivants roulant sous les veines de ta peau.

Mains d'homme qui ont peut-être soutenu de tendres fardeaux, qui ont souffert des effusions pour avoir moins froid. Leur obstination à prendre à bras-le-corps jusqu'à la plénitude du geste qui comble la béance et dit « n'aie pas peur ». En ton intérieur d'homme enraciné dans sa crypte, au chaud dans tes paumes, tes rêves gambergent, comme si le soleil gagnait sur l'obscur, comme si on allumait des réverbères dans ce jardin définitif, comme si la vie gagnait sur la mort.

Pendant l'enterrement, ta Clémence, seule à ne pas y assister, préparera-t-elle la soupe d'orge qui réconfortera les villageois autour de la grande table de son pailler ?

Après la soupe le curé se lèvera pour un dernier *De profondis* et regagnera sa cure à pied.

Autrefois, tout le village se concertait pour une bonne organisation de la nuit précédant l'enterrement : les hommes s'installaient au chevet d'un mort, les femmes se réservaient la veillée d'une morte.

Te souviens-tu Angèle, si frêle dans ta dix-huitième année, seule à veiller toute la nuit une jeune morte dans sa demeure isolée en plein bois ? Cliquetis de tes aiguilles qui tricotaient les mailles de l'effroi. Insoutenable qu'il fallait soutenir quand les rafales du vent peignaient le jardin et quand des bruits étranges se répétaient. Tu priais pour éloigner les monstres.

Et soudain sur mes lèvres, ici, en ce palais de marbre et d'or, devant ce chef-d'œuvre pictural... *De profondis clamavi ad te...*

Monsieur Courbet, je porte mon regard sur la toile d'Ornans et je vois la neige sur le monde, la chair du malheur transmuée en or pur, je vois la table aux quarante couverts dans la maison de Clémence, je vois tant d'hommes et de femmes enragés par la glace de cette Comté gelée, pleurant de froid, riant les jours d'été dans les bals populaires. Je vois le fret universel qui fait tout le pittoresque de ce tableau, comme une Comtoise qui vient elle aussi, bien plus tard il est vrai, mais sous le corset de pierres dures des falaises qui s'allongent sans un pli, dans ce pays d'Ornans.

Il y a dans cette œuvre une odeur de vie grouillante grâce à la mort.
Les voici les quarante qui m'appellent et me rejoignent, ils reprennent souffle, rient et grondent, me retiennent quand je me dirige vers la sortie.
Le musée va fermer ses portes.
Je reviendrai demain. Les quarante m'attendent, même le chien lévrier blanc invité à l'enterrement.
Grand auteur de ce chef-d'œuvre, vous n'avez pas dit qui repose dans ce cercueil au pied de la falaise à Ornans.
Le nombre important des femmes ici debout, plus nombreuses que les hommes fait penser que c'est une des leurs que l'on pleure.

« Oui, je suis à l'étroit dans ma boîte d'éternité, nue dans mon linceul. J'ai honte de leurs yeux de voyeuses qui se sont posés sur moi leur châtelaine. Elles, Anaïs et Pélagie ces deux ensevelisseuses, ici debout sous leur coiffe de Diaichottes* parmi les quarante venus à mon enterrement, m'ont enveloppée, ligotée dans ce grand drap blanc et froid. J'ai honte de ma nudité.
Servantes au château, elles m'étaient fidèles, puissantes fées bâties comme des athlètes. Avec un courage de cosaque, elles étaient mes protectrices, mes infirmières, me couvant avec sympathie, se déplaçant au château avec discipline, serviles aussi dans leurs empressements à petits pas mais jamais portées à la privauté.
Sans naissance mais pas sans famille ni sans homme, diligentes butineuses, elles semblaient échapper au plus frelon des paysans lorsque femmes de devoir, elles avançaient au village sous leur bavolet soigneusement amidonné, dans leur blouse réséda, leur soleil comme porté à l'intérieur.

Elles étaient capables d'une patience de moniale envers moi et mes caprices.
– Vois-tu Anaïs comme on se sent plus remuée lorsque l'aurore se lève dans l'âme ? Réponds.
– Oui madame.
– Sens-tu Pélagie ces grandes forces parfois offertes et qu'on ignore ? Les sens-tu ?
– Assurément madame.
Tant de ferveur égarée...
Je n'évitais pas l'errance des sentiers trop intimes.
Elles affichaient parfois l'air absent des êtres descendus très loin d'eux-mêmes qui ont pris le train ennuyeux de l'existence.
Remparts protecteurs entre leur vie et la mienne ?
Se sont-elles risquées sur un chemin qui tremble ?
Un silence dur comme du pain rassis pouvait surgir entre nous, mais quelques dentelles, quelques mouchoirs flottants, quelques tintements de fourchettes et de nouveau les fêtes carillonnaient, le premier vent venu faisait fondre nos peurs, nos résistances. Je proposais quelques mots enjoués pour faire s'assoupir le mal-être, elles se réservaient les rôles de l'humilité, de la soumission, du doute ? Du dévouement aussi, infiniment.

Mais ma mort venue, elles, les papilles en émoi, dans un branle-bas de combat et presque une joyeuse effervescence, m'ont dévêtue et accablée de leur vision tordue.
Leurs mains expertes descendaient impudiques sur ma peau encore tiède et mes seins librement saisis par elles, meurtris de blessures ongulées.
Collées à ma personne, déplacées puis fixées à nouveau, elles tournaient, envahissaient les zones écartées, se ressaisissaient, prestes, rejoignant le centre de la couche,

puis déviées, plaquées à nouveau, comme si j'étais une terre rebelle devenue trop raide et qu'il fallait froisser.
Elles étaient plongées dans la contemplation muette d'une morte, une rivale vivante il y avait peu, qu'elles venaient de dévêtir, et que la pénombre de la chambre révélait. Elles, si vivantes, petites garces, fixaient doucement les cierges sur leur juchoir, les enflammaient avec un tison rouge. La flamme s'élevait, pimpante, et elles, tournaient autour du lit, admiratives, satisfaites, comme s'il s'agissait d'un bouquet qu'elles venaient d'arranger.
Conscientes et rassurées : ce corps ne ferait plus d'ombre à leur vie, à leurs amours, hyènes l'ayant connu dans son intimité.
Sur le velours apprêté de leurs robes, elles sont là, debout les diablesses, autour de mon cercueil, au pied de la falaise, leurs coiffes blanches tranchent la pénombre. Leurs bouches sont amères de dépit. Visages impassibles et sans relief, gravures de plâtre, semis de faces mortes au fond de la grisaille.
Mon front qui ne peut plus s'empourprer n'est que chair durcie, mes seins des nacelles qui flanchent, mes cuisses incrustées au bois comme des colonnes tombées. Éparpillement charnel de mon être devenu fuseau dur, entouré de silence, humilié d'avoir été touché, évalué, garrotté.
L'amertume et la honte se boivent glacées. »

Hier, jour de condoléances au château.
Le portail est habillé de tentures noires, épaisses, lourdes, frangées d'argent et gravées aux armes de la famille. La dame est dans son coffre de bois sculpté exposé dans le grand hall, pour recevoir un dernier hommage.
Monsieur le comte, très digne, reste grave et distant en ce jour d'affliction. Ici, en signe de deuil, les pendules sont

arrêtées, les chiens de la maison éloignés du chenil, et sur les murs de cette chambre mortuaire, des voiles noirs et transparents, baissés devant les cimaises, dissimulent images et tableaux en pénitence.
Des groupes de paysans se relaient pour prier, humblement agenouillés près de la dépouille de leur châtelaine jusqu'au dernier moment.
Toutes les heures, de l'angélus du matin à l'angélus du soir, la grosse cloche de l'église sonne le glas, elle perce le silence. « *Le coup des morts* » disent les paysannes et elles arrivent pour bénir le corps.
Anaïs et Pélagie, les deux ensevelisseuses d'hier, s'affairent autour de la bière. Dans une gentille perversité d'honnêtes femmes, ces paysannes chuchotent à petits coups, feignant la contagion du malheur. Autour du cercueil elles ont dressé un paradis avec les houx et les roses de Noël que l'hiver a épargnés. Elles s'affairent ostensiblement, puis dans les variations discrètes de leurs grimaces convulsives aussitôt ravalées par une moue, elles soupirent et parlent à voix très basses et contraintes.
Des visiteuses de marque, vêtues de sombre, ont fait l'effort de venir ici avec crêpe noir et bijoux de jais dans un souci de protocole. Silencieuses, elles font des gestes avec les yeux. Ni ragots, ni médisances près d'une morte.
Hypocrites, pas inférieures à leurs rôles, yeux levés au plafond où des angelots rieurs éloignent du deuil.
Au pied de la falaise, ils ont tous peur de la mort.
Le curé dans son discours tente de réveiller ceux qui malgré tout afficheraient quiétude et insouciance de leur âme : « *À l'agonie du Christ la terre trembla et fit jaillir le crâne d'Adam enfoui depuis des millénaires.* »
Sa voix résonne dans cet aplomb de calcaire.
Inquiet, l'enfant de chœur lève les yeux vers le premier porteur au grand chapeau noir qu'il touche de son cierge pour le réveiller et chercher consolation. Les yeux rivés

sur le crâne qui est près de la fosse, il parle tout bas à l'homme, l'interroge, remonte le cou et ose un soupir comme s'il en avait assez de tout ça :

« Plus d'une heure qu'on est là et c'est quand la fin ? Mes chaussures me font mal, elles sont dures, je ne les ai pas assez portées. On se racle le corps à ciment, ici, mais ce qu'ils veulent c'est une cérémonie obligatoire.

Je suis là le Jules, debout tout près du porteur de la bière, ses épaules drapées dans le grand "drap de mort" qui soulèvera tout à l'heure l'étui où ils l'ont allongée.

Le porteur, lui me regarde, le visage caché sous son grand chapeau de feutre et moi je fixe les yeux vers lui, vers sa peau blanche comme celle des morts, sans sueur. Il a l'air de dormir, la tête en avant penchée contre le cercueil, le bras sur le bois.

Puis il ne me regarde plus, on dirait qu'il dort pendant que l'officiant prie sous sa grande cape noire et veloutée.

Si je baisse les yeux mon regard accroche sa montre à gousset fixée au pantalon de toile à grosses côtes encerclant haut son ventre, tout ça du dimanche avec les marques de repassage. Les aiguilles de la montre m'attirent derrière leur petit grillage d'or et d'argent. Léger tic-tac, expirations courtes comme celles du porteur avec ce trou que je crois lui voir au cou. A-t-il un goitre qui sifflerait dans son col dénudé comme celui d'un dindon malade ? Au rythme de ses respirations, je devine la course de minutes sur le précieux cadran. »

L'homme, lui est grand et le front de l'enfant est à touche-touche avec la braguette de son pantalon. La fermeture Éclair sous le nez, Jules, son œil curieux et les mains au dos, fait monter et descendre le curseur, allers-retours grappeux. L'étoffe s'étiole, se creuse, le curseur s'affole, la propulse avec nervosité, puis il lâche prise et de la ceinture à l'enfourchure c'est l'impénétrable. Et lui, avec une pointe d'angoisse dans son plaisir inclus, rit du porteur à son insu.

La mort quand on la touche elle fait peur, elle fait rire aussi.

« Mon frère le Constant, au coin du cercueil, dans son surplis rouge et noir, le visage blanc, il baisse les yeux. Il est avec la morte ou bien il s'ennuie ? La croit-il, elle allongée dans sa boîte, ses cheveux rugueux sous la main ? Les cheveux d'une morte ne sont pas plus rugueux, pourquoi ils le seraient ? Pense-t-il à ce qu'il a vu pendant l'été dans le parc du château ?

Et moi le Jules j'ai toujours froid, mal aux pieds, le corps à ciment et je m'ennuie.

Le Constant attend toujours lui aussi, son bénitier à la main. Il sent la morte derrière lui, dans son étui glacé, il lui parle tout bas, il dévide ses prières, puis un poème de Victor Hugo et enfin ses tables de multiplications.

Petit Poucet, il ose s'approcher en douceur de la fosse béante et en cachette, y laisse tomber un par un de tout petits cailloux. »

Inquiet, l'enfant n'ose plus solliciter le porteur qu'il croit endormi.

Non, il ne dort pas l'homme au grand chapeau, il tend l'oreille, il ouvre un œil, et ne parait pas s'ennuyer, si près de la morte, appuyé au bois froid, proximité où il accentue la pression de sa jambe, le corps serré dans cet angle étroit réservé aux porteurs. Il voit la main du curé plonger dans le bénitier, se convulser sur le goupillon et d'un geste lent labourer l'espace.

Comme si elles étaient incapables de contrôler leur chagrin, deux femmes là, dans leurs voiles noirs, reniflent derrière leurs mouchoirs clairs. L'homme qui les coudoie leur adresse un regard vert, les ongles au bout des yeux.

Ces deux autres qui lui tournent le dos sous leurs bonnets blancs tuyautés ont l'air de vouloir s'en aller, mais le vent desséchant qui souffle du nord les isolerait tant de leurs voisines qu'elles restent là au coude à coude.
Dos à dos de ces deux autres qui ne se rencontrent qu'aux occasions obligées et ne se parlent plus guère. Mais ici, on se tasse, épaules à touche-touche, regards à l'horizontal qui vous passent plus haut que la tête sans se croiser jamais, les yeux roulant pour se frayer passage.
Deux chapeaux hauts de forme se détachent sur le fond. Le porteur ouvre son deuxième œil. Il croit reconnaître sous des touffes de moustaches un peu jaunies, le bec de lièvre du rapace pharmacien lui soudant au nez une lèvre retroussée pour l'éternité.
Le chien blanc tourne la tête vers lui, un corbeau appelle deux fois sur la falaise. Le porteur craint alors d'être victime d'une hallucination, la falaise et ses occupants sont pris d'un tourbillon lent, en une danse puissante, ils montent et descendent, les femmes ont la gorge aride, les hommes serrent le poing sur leur bouche. À force de fixer l'enterrement et de le grossir de toute sa terreur, le porteur a déclenché l'illusion, un raz de marée auquel il se livre sans retenue. Tout serait resté en place, en bon ordre, s'il n'avait pas laissé trop de liberté aux images. Il est l'inventeur de son délire. Devant lui la falaise se découpe, nue, immobile au ras des branches.

Bourdonnement de paroles lancées en l'air, murmure gras de l'assemblée, langues collées au palais, mots abîmés, sons qui filent sans jamais se rejoindre, voyelles qu'il faut rassembler pour comprendre, bruits clandestins où se répète le temps.
Le curé reprend sa litanie :
De profondis clamavi ad te domine...

« La peur leur arrache des hurlements intérieurs, du fond de leurs carcasses cela gronde dans leurs viscères et secouent leur thorax.

Devant moi, cohorte charnue engouffrée là au pied de la falaise, dans un silence de mort, sous leur nuque pliée, ils tremblent devant la justice divine. »

Domine exaudi vocem meam...

« Oui, Seigneur écoute-les, comme je les ai entendus dans le secret du confessionnal depuis tant d'années que je suis leur pasteur.

Ces deux-là, demi penchées l'une vers l'autre, sous leur bonnet de dentelle blanche, savourent-elles ou redoutent-elles leurs secrets ?

Recueillies, leurs yeux cernés s'élargissent, s'arrondissent comme si un naufrage venait de se produire et c'est bien de cela qu'il s'agissait sur le chemin de ronde du village, sentier suspendu, ombreux. Femmes aux contours gais, épouses volages. La tricherie les rendait superbes. Elles ont ici quelque chose d'équivoque et d'inavoué. Leurs cernes sous les yeux que je suis seul à deviner. Avec leurs airs de saintes-nitouches elles ont bouleversé l'ordre, les décences, les enfants se sont poussés du coude à chaque rencontre surprise. »

Fiantaures tuae intendéntes in vocem déprécationis mae...

« Toi, le substitut du juge de paix sous ton chapeau huit reflets, tes oreilles ont-elles été attentives à la prière des parias et des misérables, dans le prétoire ?

Ta justice "équitable" a condamné le petit maraudeur de pommes qui se cache dans cette foule, mais gracié l'homme ici présent qui s'abritait derrière ses bocaux d'apothicaire, le rouge aux joues, mais rassuré par ton universelle charité. Frères dans la loge maçonnique ou dans des complots inavouables.

Te dépouilles-tu ici d'une entrave ? D'un repère intime ?

On dirait à ta belle mine que tu as accompli ton devoir sagement, avec une justice soufflée par Dieu.
Dans le secret du confessionnal tu repoussais les mots, les images opaques entrouvertes dans un filet d'aveux. Devant moi ton aplomb dérisoire est signe de faiblesse. Ton visage se creuse, prend toute l'empreinte de l'adieu, abandonné à l'outrance, Monsieur le substitut du juge de paix. »
Libera me Domine, de morte éterna...
Sustinuit anima mea...
« La mort, attends qu'on te la donne, toi le républicain qui me fais face dans ton habit gris tranchant ici dans le noir de cette foule amassée, là.
Tes bas bleus et rayés sont-ils la marque de tes sentiments républicains ?
Posé puissamment sur tes deux jambes, le torse un peu rejeté en arrière, avec une supériorité de trompe-la-mort, ton pantalon de velours à grosses côtes enserrant bien le ventre, une main sur la hanche et la raillerie au bord des lèvres, tu m'observes avec une ironie fuyante des yeux. Ton geste de la main gauche, la paume face au ciel, a quelque chose de discursif comme si tu voulais m'inviter.
M'inviter à quoi ?
Choisir Dieu ou la République ?
Ici, nous sommes à égalité, palpable bras de fer.
Tu as su échapper aux mots abîmés du confessionnal, préférant les murmures gras des messes noires où l'on bouffe du curé. »
Qui apud Dominum misericordia...
« Masse brouillée, ondulations, tressautements des silhouettes, les cous crispés se voûtent et se cabrent ici, dans une transition incessante de la vie à la mort.
Et si Dieu ne leur accordait pas le pardon à l'heure du trépas ?
Et si celle qui repose dans le cercueil en était exclue ?

Elle était la dame de céans. La bonté de son cœur n'avait d'égal que le charme de son esprit. Elle montrait toujours qualité d'âme et foi religieuse, noblesse des sentiments, élévation de pensée. Elle fut la providence des pauvres, innombrables furent ses bienfaits.
Tous à Ornans gardent mémoire de sa démarche, ses élans, ses sourires, son regard, ses gestes lents et sûrs, le contour de ses yeux, la ligne des sourcils. Elle était tout cela.
Depuis longtemps sa toilette funéraire était préparée : une chemise en baptiste garnie de dentelles, une longue robe de soie et de velours, un bonnet de tulle blanc pour la tête.
On dit qu'elle repose dévêtue dans sa boîte. »
Et lux perpétua luceat eis.

Au pied de la falaise, tous ont peur de la mort.
Les quarante se tiennent les coudes, se serrent au plus près, redoutant que celle-ci ne se glisse entre eux, s'infiltre, trouve son chemin, les touche.
La morte qui n'en a plus peur, avait-elle peur de sa vie ?
Que craignent-elles ces deux femmes qui masquent leur visage sous un long mouchoir blanc ? Qui sont-elles ?
Comprimées au milieu de celles qui, à l'inverse des autres ont pris le parti de tourner le dos à la cérémonie, au curé, à la bière, au crucifix, elles se voilent.
Sont-elles de proches parentes de la morte ? Leurs mains se convulsent sous l'étoffe tiède, comme pour échapper à une odeur amère, ça sent l'ortie qui pousse là, prête à infliger de larges brûlures aux corps qui se détachent ici dans une aura de pierre noire.
Sont-elles deux pleureuses venues là pour jouer leur rôle et dispenser le pathos nécessaire un jour d'enterrement ?
Sont-elles les deux ensevelisseuses d'hier, celles qui ont abandonné leur sœur nue dans son linceul, mais chaussée de satin ?

Oui, Anaïs la pisse-froid et Pélagie la pisse-vinaigre.
Paysannes sans aveu, geôlières posthumes ayant entouré la morte de pressantes intentions. Une angoisse fulgurante les étreint comme si un monstre de la nuit, démon volant les frôlait, leur rappelant par son contact leur enfermement dans leur propre vie.
Comment redresser la flèche du temps ?
Ah ! Si elles n'avaient pas cédé à leur pulsion de vengeance... Mais si la morte, la vivante d'hier, avait été moins belle, moins riche, moins enviable, si elle avait mis son corps désirable entre parenthèses, son brûlant regard tel celui d'une impératrice byzantine.
Elles n'ont pas choisi les femmes aux mouchoir blancs : la morte était trop belle, il y avait quelque chose d'indéfinissable dans sa personnalité, son regard, son rire, entre mélancolie et blessure. Quelque chose de très secret.
Anaïs et Pélagie, elles, femmes du peuple, servaient au château. Au village : les vaches à traire, le lait à porter à la « fruitière », les porcs et les volailles à nourrir, les repas de famille à cuisiner, l'enfant qui réclame la tétée dans la cuisine au sol en terre battue. Pas de satin pour leurs pieds meurtris mais des sabots de bois dur.
La mort de la rivale les mettraient-elles à l'abri de leur inatteignable vérité ? Elles se cachent derrière leurs mouchoirs comme derrière leur existence : une enfance laborieuse dans une famille nombreuse, vie en communauté sans confort, sans chambre particulière, même pour les jeunes mariés qui s'abritaient derrière de minces cloisons, ou dans le foin accueillant des prés, à la belle saison. Les femmes s'aguerrissaient dans cette vie rude, elles y trouvaient des enjeux inconcevables même quand elles découvraient leur rivale dans les bras de leur amoureux au creux des étables.
Rires, traditions, souffrance dans le même ordre, les mêmes valeurs, y compris ce village d'Ornans, ses grandes

falaises calcaires encadrant la Loue qui y serpente, la froidure des hivers, les brouillards au fond des combes, les étés étouffants sous un ciel rutilant, les grosses mouches se posant sur la nuque des troupeaux, le bruit des cochons entassés dans la porcherie, leur pestilence jusqu'à la nausée, le souvenir des porcs écorchés, un souvenir rouge-grenat, poisseux, la ferme et l'odeur âcre du feu de bois, la suie sur le mur avalant la lumière des flammes, la mère tricotant de ses mains noueuses, son visage tavelé.

Oui, elles ont vécu cela, Anaïs et Pélagie. Elles n'ont pas choisi. Elles se sentent amputées de leur être, juste un étonnement, une reconnaissance envers rien ni personne, un désir de s'offrir encore à la vie et d'être habitées par elle, derrière leurs mouchoirs blancs.

Le crucifié, là-haut, nu sur sa croix, tremble de peur pour toutes ces âmes assemblées à son pied. L'enfant de chœur tourne les yeux vers lui, l'interroge, remonte le cou et ose encore un soupir.

Les trois autres porteurs sont aussi en proie à la « malepeur »*. Ils détournent leur regard du trou frais où il faudra descendre la caisse tout à l'heure. C'est haut, c'est profond une fosse vide, cela semble plus étroit que le corps qu'on va y mettre. Le déblai est au bord, petit tas ovale et renflé qui lance son froid malgré la tiédeur des graviers fraîchement remués.

Ces trois, avec une patience de moine mais aussi une appréhension s'accrochent à la bandoulière d'étoffe blanche qui ceint leurs épaules et qui supportera le cercueil dans son ultime descente. Leurs mains se crispent sous les gants blancs, on dirait que plus haut leurs moustaches s'affaissent à l'ombre du nez.

Le sacristain porte-croix dans son surplis blanc, lui aussi, de peur, s'agrippe à la hampe, ses mains la compriment, son visage parait menaçant : de là-haut, au bout de son

bâton, le crucifié lui livre-t-il des secrets ? Ce qu'il apprend lui chamboulerait-il la tête ? Regard d'épouvante.
Les autres sacristains baissent les yeux, semblent même somnoler, mais pour eux aussi l'effroi surgit : ce crâne sur le sol près de la fosse, ces os croisés et ces larmes brodées sur le drap mortuaire, cette pelle et cette pioche qu'ils croient apercevoir, juste cachées derrière le fossoyeur et dont le manche dépasserait... Ils délirent.
Les deux révolutionnaires qui font face au curé semblent braver la peur commune ici à tous. Mains tendues, ils paraissent officier en même temps que le curé. Invite ? Quête ? Aveu ? Insolence peut-être, au souvenir de Mossieu Bonaparte dans le sanglant coup d'état de décembre.
Quelques protestants aussi se dissimulent dans cette masse majoritairement papiste. Venus d'en bas, dans la vallée, au bord du Doubs qui arrose le duché de Wurtemberg, luthériens intégristes appelés « suppôts de Satan » depuis les guerres de religion, ils sont tolérés ici par les catholiques dans un antagonisme religieux.
Léopold de Wurtemberg, leur noble ancêtre ne se distinguait-il pas par son goût du lucre, et ses mœurs déplacées ?
Entre les deux communautés une guerre sourde est déclarée. À l'école du village, quelques protestants à droite, de nombreux catholiques à gauche, des pans entiers de mots violents proférés et dont on n'a pas la clé, des silences lourds et pleins de fiel.
Dans leurs cuisines, les femmes, derrière les stores baissés, faisant la pause devant d'ennuyeuses piquettes, ne pensent qu'aux tromperies et culpabilités de leurs rivales, aux habitacles des confessionnaux : bonheur jaune et perversion.
Même les maisons gardent leurs distances, chacune veille à sa frontière, la ferme catholique avec sa brouette

flambant neuve exposée aux regards et celle des protestants derrière son mur où l'on soupçonne des actes de sorcellerie.

« Cela vous tombe dessus comme la misère sur le pauvre monde, comme la vérole sur le bas clergé » disent les protestantes en sifflant. Et toutes de rester allusives « chacun trempe sa soupe et pas toujours à l'eau claire ... » Dans les forêts épaisses, les jours de chasse, les hommes rivalisent de roublardises et d'hypocrisies. On dirait que même leurs « mirauts » se menacent de leurs crocs afin de conquérir les meilleures places. Insensibles à la soif et à la faim, nourris par leur seule fièvre de vengeance et de rivalité, chiens catholiques et chiens protestants s'affrontent avec frénésie.

Sans pasteur dans ce fief de la papauté, les protestants pataugent aux confins de la catastrophe, dans un aplomb dérisoire, armes fourbies, coutelas étincelants, ils dressent des murailles de silence qu'on ne traverse pas.

Les catholiques s'agitent derrière leurs bréviaires, les femmes la main posée sur le cœur comme si elle venait d'accueillir le bon Dieu.

« Si moi je grelotte dans cet étui glacé, eux tous se tiennent chaud dans leur peur, tant leur masse est compacte, coude à coude obligé, têtes baissées, les yeux à terre, pelisses dessinant leurs formes abstraites et rigides. Leurs mains se relèvent pour un signe de croix imposé dans un immense froissement dépareillé de manches.

Le spectacle de leurs coudoiements inattendus me ravit et leur piété comme confondue en une muraille me consterne.

Dans cette grappe humaine, catholiques, protestants, républicains, bonapartistes, fusionnent et se détestent, sans compter quelques maçons éloignés de leur loge et dissimulés dans la foule.

Que diront-ils au tribunal interrogeant ma mort ?

Parleront-elles ces deux qui m'ont ensevelie nue ?
De quel bord était-il celui qui a trouvé la barque m'hébergeant inanimée et sans vie sur la Loue ?
Devant cette fondrière qui va m'accueillir pour toujours qui sont les porteuses de diairis* blancs ? Qui sont les porteuses de diairis noirs ?
Et le chien noir et blanc qui se détourne de ma fosse, à qui appartient-il ? Et son maître, catholique ou protestant ? »
Battements d'ailes sur la falaise, trait noir à l'horizon, c'est un épervier. Il surplombe l'enterrement, immobile, on dirait qu'il observe la scène dans l'âpreté sauvage et cinglante du vent qui se lève. Les révolutionnaires renoncent à leur superbe, un frisson de panique court sous leur peau.

Dans son grenier d'Ornans, le peintre les a entassés. Quarante-sept qui se sont laissé « faire en caricatures » et qui aujourd'hui se rebellent, sortent de leur inertie et de leurs postures figées.
Qui parlera ?
L'un d'eux sait, il a la clé du mystère de cette mort à la dérive sur la Loue, mais dévoilera-t-il le secret qu'il a découvert dans les poches d'ombre, les cabanes aveugles, derrière les piliers d'église, sur les bords de la rivière ?
Histoires écaillées, cupides et rusées glanées dans des ragots croustillants.
Prince de l'inquiétude, le silence et la bouche cousue constituent son fond de commerce. S'est-il aguerri dans cette vie secrète ou s'est-il laissé affaiblir ?
Y trouve-t-il une satisfaction inavouable ? Échec ou réussite ? Il ne le dira pas, jaloux qu'il est de la moisson où sont entassés ses trésors.

Bedeau au nez d'un rouge suspect, porteur qui se cache sous son grand chapeau noir, pharmacien au bec de lièvre, cordonnier-fossoyeur, que savez-vous ?

Curé tenu par le secret du confessionnal, enfant de chœur qui s'aventure parfois dans le parc du château, homme de loi dans sa simarre rouge, à quoi pensez-vous au bord de la falaise ? Quel trouble vous habite ?

Les mots bourdonnent en leur mémoire, les secouent aux épaules. Ils semblent engoncés dans leurs costumes comme encore accrochés au cintre. Une transpiration les prend sous leurs habits malgré la température froide, mais ils se taisent, leur silence forme un mur continu parallèle à la falaise.

Les femmes éplorées ou faisant mine de tourner le regard ailleurs, ont parlé entre elles, mais jamais elles ne livreront leurs confidences.

La châtelaine dans sa mort fraîche où les range-t-elle ? Innocentes ou coupables ? Fait-elle de celui qui sait le voyeur condamnable ? Lui se noie peut-être dans la foule ici entassée. Avec tous, il prie, répond aux litanies du curé, dissimule sa vérité, ses états d'âme.

Là-bas, derrière les barreaux de sa prison, l'homme qui, les jours de chasse à courre au château faisait résonner les bois de son olifant révélera-t-il l'identité du grand manipulateur du drame ? Homme ou femme de l'ombre, qui tire les ficelles de ce théâtre de marionnettes au bord de la Loue ?

Sur ses rives et dans le village d'Ornans la vie s'y déroulait pourtant paisible jusqu'à ce drame.

En été, chaque année le 10 août, à l'église saint Laurent, les cloches sonnent à toute volée. C'est l'innocent du village, le Babeu qui s'acquitte de cette tâche. Jour de la fête patronale, le temps a déjà des relents d'automne.

« Chaleur d'août c'est bien partout... mais à la mi-août l'hiver se noue... »

Le Babeu s'agrippe à la corde dans le clocher, se laisse emporter en l'air par la force du battant qui heurte le bourdon puis il glisse vers le sol sans lâcher la corde qui le propulse de nouveau vers le haut. D'un coup il s'élance comme s'il assaillait le ciel. Les jours de grande fête il s'active d'une cloche à l'autre et en équilibriste qui jouit de l'espace conquis sous son chapiteau, il s'enivre de la folle musique dont il est le chef d'orchestre. Quasimodo qui gémit de plaisir : l'innocent du village.
Dans les chemins il déambule du matin au soir. Quadragénaire ? Quinquagénaire ? On dit qu'il est né d'une sorcière dans les marais il y a cent ans peut-être, on a l'habitude de sa présence ici.
Brûlé de soleil, cheveux longs, c'est un faune sympathique, il ne jette pas d'anathèmes et n'appartient pas au clan des ivrognes, des taulards, mais plutôt des chiens ou chats perdus. Il est connu au village et pénètre dans toutes les demeures, les yeux grands ouverts, l'oreille tendue aux propos anodins et aux moindres bruits. Les regards semblent glisser sur lui, on ne lui adresse que rarement la parole et c'est pour le chasser quand sa présence devient importune. Alors il se balance d'un pied sur l'autre, il bave un peu et psalmodie ba... beu... ba... beu... On l'appelle le Babeu. Il n'est rien mais il porte en lui le petit univers du village tout entier qu'il connaît mieux que quiconque.
Lorsqu'il lui arrive de surprendre les amoureux derrière une meule de foin, ils l'obligent à fuir en disant « c'est rien, c'est le Babeu ». Il a appris à vivre à sa manière faisant son miel de ce qui lui convient sans rien demander à personne. Il s'assied aux tables familiales, mange aussi discrètement que le chien qui attend les déchets sous la table. Gauche et timide, intimidant plutôt, il s'essuie la bouche de son revers de manche, avant et après boire,

attentif aux conversations où il a toujours à glaner des événements nouveaux.

Les étrangers qui s'installent au village demandent : « Qui est-ce ? » On répond seulement d'un geste évasif.

Des portes s'entrouvrent alors sur des moitiés de visage, des enfants s'agglutinent : « D'où vient-il celui-là ? »

Si on ose lui demander son nom, il répond par un numéro. À la mairie où il est parfois convoqué, il se laisse appeler le 10 ou le 13 le chiffre apposé selon l'ordre de son arrivée accompagne ses empreintes digitales, suivies d'une croix.

Existence d'un homme comme un loup est un loup, comme un oiseau est un oiseau. Né de parents inconnus, baptisé le Babeu ou le 13, démuni et traîne-malheur, il n'est pourtant ni clochard, ni cagnard. Il est le Babeu, le sonneur de cloches.

Son cas est primaire sans doute, sa vie à lui se réduit à l'instinct. À l'orée du bois sa cabane abrite un bas flanc avec paillasse et couverture. Sur une caisse retournée une cafetière émaillée, une casserole, un petit tas de pommes de terre, une provision de ficelle et un harmonica. On l'entend le soir en jouer, petite flûte de sureau qui enchanterait les pas, puis il éclate d'un rire rauque.

On sait qu'il est là comme le saint sacrement, il ne s'évadera pas.

Au mur de sa cabane, à hauteur des yeux, il y a non pas des fenêtres, mais des regards, des fentes par lesquelles le Babeu guette, la nuit, les bruits autour de sa tanière de renard. Quand la lune blanchit la campagne, il sort, foule les herbes, s'y glisse comme un chat et miaule parfois. Il sait aussi toucher les verrues avec les tiges de chélidoine qu'il tire des murets et dont il barbouille les doigts offerts à son innocence. Babeu existe pour les autres.

Même le curé entre dans son jeu et ne le considère pas comme le diable mais comme le non-nom, celui qui n'est personne, mais tout de même l'homme transparent qui s'envole au son des cloches de son église et donne le départ aux joies de la fête patronale le 10 août.

Dans la rue Froidière, la petite foule paysanne avance derrière sa croix processionnelle haut levée par les frères sacristains, l'un tenant palme, l'autre encensoir et le dernier l'étendard dalmatique aux armes du gril sur lequel Laurent fut martyrisé, disant à son bourreau : « Ce côté est assez rôti, tourne-moi de l'autre côté. »

Le cortège contourne l'église puis s'éparpille loin du martyr et des charbons ardents pour se rendre rue des Îles Basses où la fête bat son plein.

Déjà les marchands ambulants sont là, attendant le chaland, l'acheteur, tous ceux du village, monde paysan isolé, petites gens, besogneux, sédentaires, d'un hameau sans commerce où acheter des produits manufacturés.

Sur le champ de foire, les hommes, paysans et ouvriers saisonniers côtoient les brûleurs d'eau-de-vie portant alambic sur le dos, visitant les villages à dates fixes. Tous boivent à la santé de Laurent ce patron des pauvres qui fut brûlé sur des charbons ardents.

En ce 10 août les mirabelles abondent dans les vergers comtois, l'an prochain l'alcool sera bon et fort lorsque les brûleurs reviendront pour leur vendre la blanche. Aujourd'hui les villageois achètent celle de l'an passé, gnôle qui leur met le feu au gosier, brasier qui leur inonde le corps mais on dirait que saint Laurent opérant son miracle, la « goutte » glisse comme un baume dans leur estomac.

Les ecclésiastiques eux-mêmes, échappés de leur presbytère, circulent à travers le groupe des buveurs. Inconvenance et sacrilège des hommes de Dieu qui avancent et boivent là sans retenue, dans une vapeur libidineuse, petite orgie de la vie cléricale, cheminement équivoque de ceux-là payant et avalant un breuvage satanique devant un public friand de scandale.

Sur le foirail, les marchands ont pris place : homme seul et son fardeau compte pour un mètre carré, avec une charrette à bras deux mètres carrés, avec une charrette et un âne quatre mètres carrés.

Avec sa charrette tirée par un mulet, le rouennier fait tout le tour du village. Sur le chemin de ronde il croise deux femmes.

– Quelles dentelles pour vous belles dames ?

Et lui de déballer là sous les ombrages des bonnets et des châles, des peignes, des pommades, des miroirs et des parfums sortis de sa carriole à double fond.

La vue d'une soutane au bout de l'allée lui fait plier bagages, lui l'ambulant protestant œuvre là en liberté surveillée. Il s'enfuit et les femmes rient sous cape, lui jettent un regard de poules offusquées. Au passage du curé, elles prennent des airs de madones.

Le rouennier-lunetier osera cogner à la porte du château, réservant à la dame seule sa double fonction. Il déballe ses soieries semées d'étoiles rouges. L'hôtesse y voit déjà des manches à échancrures, à turbulences, des contorsions de poches, des zones distendues, les robes des rendez-vous clandestins, des après-midi oisifs, des demi-déshabillages, des voluptés inaugurales Elle y voit aussi des démarches sournoises vers des jours d'épouvante, des écorchures, des zones fouettées et distendues. Elle acceptera que l'homme ouvre la petite mallette où voisinent bijoux et lunettes d'occasion.

Homme de l'ombre, gagne-petit, le lunetier acceptera les messages secrets glissés par la dame en sa besace et se fera porteur clandestin. Elle lui paiera trois fois le prix des lunettes qui lui soulageront les yeux pour que le camelot ferme les siens.

Le colporteur lui, a ses entrées partout. À la porte de l'habitation il se tient légèrement courbé, pliant sous le poids de l'énorme hotte dont ses reins sont chargés en attendant qu'on l'invite à franchir le seuil. Il a fixé sous sa hotte un bâton de sapin, ce qui soulage une minute ses épaules endolories. C'est un homme sec, râblé, au visage tanné par les blizzards d'hiver.

La Clémence l'invite à entrer. Le voilà maintenant dans la grande pièce du logis. Petits et grands l'entourent, les yeux émerveillés car il déballe sa marchandise et il y en a pour tous les âges, pour tous les goûts. La hotte, soigneusement rangée en casiers qui se superposent paraît inépuisable. Pour les écoliers des plumes de fer et des crayons de mine de plomb. Pour les filles des guipures et des dentelles, pour les garçons du papier à lettres pour écrire à leur fiancée. À cette couturière il offre du fil, des aiguilles, des épingles, de la laine, du coton, et de sa marmotte, il extrait encore des lacets, des mouchoirs, des diairis*, des soies et des velours.

– Touchez-moi ça dit l'homme. Étoffes tournantes que la femme saisit dans ses paumes avec ferveur. Paysanne dont on dit que « son porte-monnaie est en peau de hérisson » elle se laisse quand même tenter par un chapelet et quelques médailles de Lourdes pour se défendre de la maladie et des catastrophes.

La Clémence confronte les articles, s'amuse à déceler les défauts de fabrication. C'est dans la mercerie que ses mains furètent, touchent, inspectent, ce sont ses humbles gestes qui trahissent son sort de couturière de village. Elle choisit modestement le fil et les aiguilles indispensables à sa vie de pauvre couturière car si son homme fossoyeur-cordonnier vit dans son odeur de terre, de suint et de graisse, elle touche les corps, respire leur sueur ou leur fragrance.

Son atelier presque dénué de fenêtre est l'organe de son foyer, dallé, pierreux, rencogné et sombre comme une maison endeuillée. Deux lampes à pétrole et une bougie offrent des échancrures de lumière tombant sur un mobilier utile : un mannequin de bois sans tête pourvu d'un cou évidé, poitrine et fesses rebondies près d'une grande table de chêne mal équarrie mais luisante tant les laines l'ont frottée et sur laquelle ciseaux, mètre à ruban ou mètre rigide, pelotes d'aiguilles et d'épingles, rubans en tous genres, fers à repasser et à tuyauter s'enchevêtrent dans un désordre organisé. Des tissus variés fleurissent au-delà des huisseries, sortent des murs. Clémence jubile : sa main fourrage dans les montagnes de coton révélant leur douceur sauvage, ses doigts triturent les bourgeons de laine, de fil, et dans leur folie les plient à l'excès, ses ongles s'enfoncent au plus intime des jutes et c'est comme si elle voyait sa demeure changée en palais.

Les enfants sont les premiers à désirer et à subir la Clémence. Elle aime manier les enfants. Les petits engoncés dans leurs sarraus étriqués ou trop larges miaulent comme des chats quand la mère-couturière les déshabille. Tous les plis des hardes convergent vers sa main pour être taillés ou transformés. Eux, s'accrochent et se lorgnent, les plus hardis rient et se moquent. Clémence aime le côté agaçant des choses, ses bras ronds enveloppent les marmots, dénouent les chemises, baissent les jupes, allant les chercher par en dessous.

Minauderies pieuses, susurres pour qu'ils restent sages et tranquilles, guidant l'ouvrage du fin bout de ses doigts, sa bouche entravée par un essaim d'épingles qu'elle serre entre ses dents et ses lèvres crispées. Accroupie sur le sol son buste reste droit.

Les paysannes sont assidues chez la Clémence. Dans leurs tuniques nouées sur leurs formes en vrac, habillées de leur peau rêche et de leur pilosité, elles communiquent leur tanin par leurs échancrures libres et leurs manches flottantes. Clémence coupe, dégage, pique, faisant fi de leur dos-falaise suant et tiède pour faire d'une taille étranglée ou généreuse une parure bien élevée.

Accroupie devant ces femmes, une brève panique s'empare d'elle : sur un corps, si la toile envahit les zones écartées, en équilibre sur les bords, les surplombs, elle menace de tomber en masse froide et si autour les hanches s'égarent dans le mouvement des bras, la fuite des jambes, alors les épaules se dérobent dans la peau flasque du corsage. La main de Clémence descend, disparaît, cachée par l'étoffe, puis remonte de côté et prestement le tissu est soulevé, dévié et plaqué à nouveau pour meurtrir cette chair trop rebelle, trop raide.
Une sensation de velours hésite dans son esprit.
Clémence se relève, bouge lentement son être continu, recule, s'arrête et contemple son œuvre dans une émotion vraie.
Lignes dépouillées qu'elle a enserrées de tous côtés, ajustées dans un contact absolu, sur des contours gais aux poitrails parfois excessifs.
La châtelaine ne descend pas à l'atelier de Clémence.
C'est la couturière qui monte au château pour habiller la comtesse et ses amies. Hanches éclaboussées de bijoux, échines satinées nouées à des dentelles rares, ventres contenus par des corsets rigides fermés par une impressionnante série de crochets plats et métalliques.
De l'ouverture des placards, un amoncellement de toilettes en suspend sous un buissonnement de portemanteaux. Toute une masse comprimée de parures se dilate, flot satiné de déshabillés du soir dans des fourreaux de lamé.
Se saisissant d'une moire excitante et d'un tulle mousseux, Clémence à genoux s'applique, respectueuse de cette anatomie aux minuscules orages que la peau blanche de la dame camoufle. Autour d'elle la jupe s'arrondit et se lisse, mordant le cylindre de la chair ou s'étirant dans un buisson de clapotis. Puis le reflet s'ôte, le voile reflue vers une cuisse qui se tend, collée au tulle au point de disparaître. Clémence pense aux femmes de sa famille qui

transpirent dans leur bustier de jute qui irrite, voire écorche la peau. Elle aimerait toucher cette enveloppe lisse, noble, et peut-être la piquer avec une épingle pour voir si ça traverserait.
Portée à ces privautés, Clémence n'ose rire en elle-même sans être ravagée de transes.
Fourbue, elle se relève, plaisir éphémère en elle qu'elle savoure en remuant. Elle s'ébroue, sourit, Madame jouit dans les ondulations infinies de la moire et du tulle.

Dans son étui définitif elle est nue.

LA MARCHE INITIATIQUE

En cette veille de Noël 2011 à Paris, les Champs Élysées ruissellent d'illuminations qui se figent dans leur éclat et leur radiance. La Seine, enflée, palpitante, de tout son fluide, roule devant le musée d'Orsay qui va fermer ses portes, gardien des choses captives de formes muettes, de tumulte, visages de pierre usés, murmure que nul ne peut entendre, paroles qui sont les nôtres.
La Franche Comté m'attend.
L'autoroute A6 me conduit vers Ornans.
Monsieur Courbet je rentre à la maison, j'avance comme la brebis égarée qui rejoint le bercail, dans mes vêtements et mes accessoires des années 2000, sac en bandoulière, téléphone mobile à l'oreille, tablette en main, me voici au bord de la Loue et ses reculées qui entaillent les hautes falaises calcaires. Toi, la rivière Loue, ma Terre Promise, tu déposes en moi le chant du monde, tu mêles tout dans ton lit : eaux descendues de la montagne et remontant des profondeurs, sources froides, sources tièdes et salines, tu déroules ton périple bleu entre les maisons d'Ornans, tu t'écartes de l'Enterrement et contourne la falaise, loin des quarante apeurés.
Après avoir mugi par bonds désordonnés, avec mille rides sur les pierres, tu te calmes et glisses joyeusement, horizontale, immergeant les creux, grâce et majesté.

C'est avec bonheur que l'on s'assied sur tes berges, en se laissant mouiller de ton écume, les gens se serrent contre toi, de même que les bêtes s'assemblent au bord de tes eaux. On sait que tu es perfide après les pluies et qu'en tes endroits profonds il y a des gouffres périlleux, marqués parfois, mais pas toujours, par l'avertissement de quelques tourbillons. Tu as des mares cachées, ta vie secrète. Des truites s'y laissent langoureusement entraîner et en hiver, la glace étend un voile où seuls les oiseaux peuvent marcher. Au printemps ton courant incliné s'enfuit rapidement entre deux roches, se plisse en vagues parallèles, la frange d'écume et l'eau profonde se succèdent en désordre jusque vers la pente. Je m'étonne alors de ton acharnement invincible à quitter ces lieux qu'il faudra regretter.

Dans ton lit suzerain viennent boire en été les merles au bec jaune, ton sommeil est parfois troublé par le cor d'un chasseur qui la nuit met les lièvres aux abois. Courbet aimait ce lieu où les truites se reposent. Sur une barque à fond plat, il a peint une femme assise, rêveuse, elle semble attendre le jeune homme qui relève son filet de pêcheur.

Dans un coton d'hiver, le gel mord aujourd'hui dans l'infini des lignes. Dans un tracé de farine, me voici à Ornans, entre les allées et les tombes du cimetière près de l'église, où de grands monuments de marbre abritent ici les familles Cave et là-bas les familles Séjourné et Bafon.

Je souris et chemine entre ces croix de pierre et de fonte qui se heurtent de l'épaule comme des vieilles qui prendraient la file pour l'éternité.

Mais où es-tu fossoyeur aux souliers boueux et aux mains blanches ? Où êtes-vous pleureuses ensevelisseuses de la morte aux chaussons de satin ? Où êtes-vous Monsieur Courbet ?

La peur au ventre, je reste debout dans le vent, puis je cours vers les ombres, les mots s'ankylosent et bourdonnent en ma mémoire.
La grande rue du village, celle des Îles Basses s'ouvre, resserrée entre des maisons sur l'eau comme à Venise. Je cogne à une lourde porte, c'est le presbytère et je m'attends à voir ici l'homme de Dieu dans sa soutane à l'élégance médiévale et dans sa réserve de courtoisie. Anxieuse, je reste là à guetter, une soif investit mes lieux d'attente.
La porte s'ouvre : dans une gaîté pimpante et une tonalité d'opérette un petit homme en costume gris doté d'une minuscule croix d'argent au revers du veston me regarde avec des yeux de limande. Je transpire au creux de mes paumes. Le peintre d'Ornans me trahirait-il ? Je quitte l'homme. À pas de plomb j'enjambe les années mortes. Pour faire s'assoupir le mal-être, je m'apprête à échanger quelques mots avec une femme coiffée d'un fichu noir qui, du fond de la rue, vient à moi. Elle est loquace, parle du temps qu'il fait aujourd'hui, de celui qu'il fera demain, de celui qu'il a fait l'année dernière à la même saison. Quelques calomnies envers son prochain, la Lolotte se saoule, la mère Pauline couche avec l'ancien maire, et le curé passe bien souvent chez la Stéphanie.
Est-ce elle cette femme au fichu noir qui pleure dans son mouchoir à Paris sur l'immense tableau du palais d'Orsay ? Même nez, même teint pâle
Tiendrais-je à ma merci Anaïs la pisse-froid ? Sa petite fille ?
J'ai envie de tresser des liens de connivence avec elle, mais la vieille s'en va.
La nostalgie me tue, c'est un soir comme une mesure vide. Un chien blanc aux pattes torses et une taie blanche sur l'œil s'approche, il reste là, les jambes raidies, fixes, comme vissées au sol. Je le reconnais celui-là qui

désacralisa l'enterrement à Ornans. Il me suit jusqu'à une maison tout au bout de la rue.

Derrière les volets clos une voix affirme : Il va faire du temps* demain, le chien boude sa relavure*, du diable je n'en ai pas senti le froid dans le dos, ne te débouche* pas trop Anaïs, tu vas prendre mal.

Là, je suis bien revenue chez nous Monsieur Courbet.

Enhardie par ces mots entendus, je frappe à l'huis du rez-de-chaussée. La fenêtre d'une chambre haute s'entrouvre doucement, des frôlements courent, des pas légers passent comme des glissements. La vitre s'ouvre tout à fait, deux silhouettes s'y dessinent un instant, des prunelles s'allument dans l'ombre.

Qui beuille* à ma porte ? dit une voix d'homme, alors qu'une femme passe la tête plus avant, et là je reconnais la cautaine* au fichu noir si bavarde tout à l'heure dans la rue des Îles Basses.

Ah ! me dit-elle, je crois vous savoir*, vous êtes la dame qui se dirigeait contre* la cure tantôt.

– Entrez-donc, il fait cru* dehors en cette fin décembre.

– Asseyez-vous près du tuyé*, les morteaux sont à fumer et les mougeottes* débordent de haricots secs. Je vais raviver le mouchot* pour que vous ayez plus chaud.

L'homme dans une force tranquille d'être là, a l'air de mettre son corps entre parenthèses, il croise et décroise ses mains où s'accrochent des odeurs de bétail et d'herbe, dans de légers froissements comme si la paille craquait sous ses doigts forts.

– Toi le daubot*, descends donc jusqu'au dérobe-vin, et cherche de quoi réchauffer le gosier égréli* de cette pauv'dame, ordonne la femme.

La pauv'dame que je suis est bien émeillée*, peut-elle accepter de partager avec ses hôtes l'alcool brûlant ? Elle se gêne* d'eux et hasarde tout de même :
– De Paris vous dirais-je quelques nouvelles ?
La ville est turbulente, vivante et agitée.
Ici, c'est la vraie vie sans chic ni ficelle...
La femme, elle, insiste, fourrage* dans les mots durs envers son homme.
– Vas-tu cesser de baguenauder* ? Qu'est-ce que tu bréquilles* ? Vas-tu l'ouvrir cette trappe ?
Le daubot s'en va fourgonnant au sous-sol, on l'entend chanter par le larmier* : « C'est la fête à la dame, on va laver l'bouquet*. »
– Maille-toi* lui crie la femme et choisis le meilleur maquevin*. Elle verse dans les bols, vin blanc et cannelle, préparant ainsi la mouillotte* pour y tremper les michottes*.
Un jour dit-elle, nous deux mon homme*, on a tant bu qu'on ne pouvait plus mettre le pied de travers*. C'était le jour de l'enterrement à la dame* du château. On était rattroupés* le long de la grande sommière*, nombreux qu'on était. ... et la Loue qui charriait des glaçons...
Aujourd'hui de tous ceux-là il n'en reste pas un...
Ce cudot-là* près de moi s'en souvient bien.
L'homme se tait, il boit, puis il l'interrompt.
– J'sais pas où tu veux en venir Anaïs, t'es bien comme ta grand-mère du même nom, trop cautaine et bavarde.
Maintenant que la dame est r'quinquée*, réduis la table* et monte.
Qu'est-ce qu'elle allure* cette daubotte* avec cet enterrement ? Ah ! Madame, donnez-vous garde* de l'écouter, ce n'est qu'une gouillasse*.
J'aurais voulu remercier mes hôtes, continuer à parler comtois avec eux, en savoir plus sur l'enterrement au château, sur cette mort. Mais j'ai pris peur et me suis

ensauvée* pour retourner vers la Loue et ses mystères, l'interroger, marcher sur ses rives.

Une pluie lente se met alors à glisser sur les choses, petites gouttes vénielles, menues et embrouillées. Puis elles crépitent, et des éclairs viennent féconder l'orage. Je presse le pas vers la Loue qui va peut-être m'offrir sa grosse marée, ses torrents, son écume, sa colère, ses emportements d'orage.

Tout à coup une sensation de déchéance s'empare de moi : la rivière est à sec, un désert, elle se disloque, se fendille, déverse une avalanche de terre sombre et sableuse. Longs bancs de sable abandonnés où se mêlent des pattes d'oiseaux qui ont fui, poissons et rats morts aux ventres gonflés et violets arrêtés dans leur course, gueules barbouillées d'étonnement.

La violente pluie d'orage ignore la rivière vidée de son eau, de sa substance, elle ne l'atteint pas. J'investis un territoire inattendu, frisson pour cette nouvelle embûche, vision d'apostasie d'un cours d'eau sans eau. Falaises qui me rejettent, murailles jouxtées qui s'alignent sans trêve, ternies, par intermittences nettes. Dans la violence de ces secondes de feu, car tout autour l'orage progresse sans toucher la rivière, je me détache de ma mémoire. Quelque chose d'un arrachement, d'une absence. Les quarante qui ont déserté la falaise et la Loue me poursuivent, ne me laissent pas en paix. Ils se cachent dans ma voix et me tourmentent dans ce pays à la fois si intime et si lointain. La Loue desséchée taille dans ma chair. Aucune barque ne peut lui offrir son empreinte, aucun cormoran ne peut plonger en elle, me nargue-t-elle ?

Refuserait-elle une mort en son lit ?

Elle était pour moi une Terre Promise. Je savais aussi qu'elle pouvait se montrer sournoise en ses remous, mais jamais elle n'a exposé son ventre nu, son ventre de sable musclé, ses racines luisantes.

Pourquoi son eau est-elle tarie comme coupée ?
Dans ce scénario inexpliqué, dois-je quitter Ornans où plus rien ne m'appartient, où je n'ai plus le droit de me servir ? Le monde m'a été donné, dois-je le rendre ?
Il faut aller vite maintenant, laisser les heures se bousculer, quitter ce lieu de pestilence qui emplit mes narines et ravage ma tête.
Ici je n'ai plus d'âge et laisse apparaître en moi, pêle-mêle, les fouillis dans les forêts touffues, les champs de blé effleurés par le vent, les bouquets de gentiane sur la route du Lison.
Viennent dans la même seconde le souvenir des lavandières et leur battoir, les siestes sous le chêne de Flagey, l'ombre des grottes obscures, une odeur de fruitière, de lait et de beurre, le goût des tisanes de l'abbé Chaupitre.
Je n'ai rien vu venir de la sauvagerie et du cataclysme. Je cherche en vain les précieuses silhouettes entassées sous la falaise qui devient mirage. Tout serait resté en place en bon ordre si comme le porteur de la bière je n'avais pas laissé trop de liberté aux images.
Un sentier forestier s'ouvre là... je m'y engage...

Aube froide encore hantée par une petite lune marquant la fin de nuit dans ce ciel d'hiver. Les étoiles versent encore leur clarté douteuse et non loin, dans Ornans endormi, pas de bruit si ce n'est la note grêle qui tombe du clocher. La terre froide fait scintiller la gelée sous mes pas. Le sentier forestier s'ouvre là comme en un porche ténébreux. J'y pénètre. À petits bons un renard regagne son terrier et évite lui aussi, le village plein de pièges et d'ennemis. Ici, sous les taillis, il échappe au trébuchet, couperet inventé par l'homme, caché sous les feuilles et qui lui briserait les reins. Sans doute excité par la faim, souvenir des franches lippées de l'été, il est réduit aux baies rouges glanées aux buissons dépouillés. D'un saut il franchit la brèche d'un vieux mur de pierre sèche, regagne l'épais taillis et s'y laisse glisser comme une ombre. Une chose pourtant lui pèse : sa solitude.

Cherchant une femelle en rut, il s'engage sur ses traces, je le suis des yeux. Avec d'infinies précautions il va lentement, angoissé, des vertiges à la tête, une odeur voluptueuse lui troublant les sens.

De jeunes mulots filent devant lui, une petite taupe ne songe plus qu'à regagner sa galerie de terre mais une lune blanche, attardée et comme cruelle surgit devant elle. La lumière c'est la mort. Au bord du couloir tortueux ses pauvres yeux si faibles se ferment avec violence, elle reste là à demi-morte, aveugle.

Le renard a fui vers sa femelle, mais en haut, suspendu dans le ciel noir l'ennemi approche. Oiseau de proie, un grand rapace a vu la taupe et, les ailes agitées perpétuellement sans bouger de place, le cou tendu, la tête penchée, le regard de ses yeux cerclés d'or, il pique et remonte dans un immense froufroutement d'ailes. Des corbeaux s'appellent, se répondent, se désignant l'ennemi. Une ronde démoniaque s'installe, lièvres et lapins détalent, se terrent dans ce bois de la mort.

Instant du surgi, du sommeil renversé, les choses portent mes mots, des êtres s'infiltrent dans mon silence blanc. Souvenirs d'enfance, des brassées de mémoire, et aussi des voix feutrées et tissées de mystère nourrissent mon émoi.

Au fond d'une reculée, je découvre une grotte. Sur le sol battu comme une aire, d'immenses racines déchaussées par le passage des humains coupent en travers. Enlacement de ronces, de branches pourries et de feuilles mortes. Puis une petite cascade qui a résisté au gel descend en profondeur dans la terre, resurgit un peu plus loin dans le talus qui impose sa présence minérale, pour se

déverser dans une mare où elle stagne. Agglomérats d'algues d'eau douce, engourdissement des grenouilles muettes, leurs yeux grands ouverts au fond de l'eau.
Malaise de l'hiver, de la mort.
Zones foncées comme des cernes.
Bientôt se dresse le quadrilatère de boue qui borde la mare et que je contourne pour arriver sous des saules argentés de givre. Échappés à la glu de la mare, mes pas résonnent sur un sol pierreux, dallé, pas de l'errance, de l'attente, de l'interrogation, de la quête.
Rien au levant ne se précise et malgré les sept coups égrenés au clocher lointain, la nuit s'éternise. Pourtant on dirait que la nuit pâlit et que les étoiles s'effacent.
Le chemin bifurque, se ramifie en sentes, grimpe, s'étire, atteint le promontoire qui domine la forêt. Alors sans que je sache pourquoi, tout d'un coup, dans une gerbe de clarté, le soleil craque, découvre une vague crayeuse : la falaise d'Ornans me transporte sous les voûtes du grand palais où se serrent les quarante.

LOUE Y ES-TU ?

Loue la tranquille, promène si tu veux tes ondes cristallines loin d'Ornans au clocher de fer blanc, ton eau glauque sent l'empois et la levure, les fronces légères qui rident ta surface font des bruits clandestins et toi seule connaît les secrets, les routes de hasard, les sentiers du destin, ton eau craque de mémoire mais elle nous offre aujourd'hui une couleur de rien.

Tous au village, au pied de la falaise, ont reçu la nouvelle de plein fouet. Il reste à faire entre eux la lumière sur la mort de leur châtelaine, un comble de désordre dans la vie de leur souveraine, belle, gaie, douce, attentive, distraite, insouciante, désespérée, insupportable.

« Oui, il fait sombre dans ce cercueil, ultime coffre après tous ceux de ma vie, ultime enfermement qui clôt tous les confinements de mon existence.
Coffre à jouets de mon enfance, si grand que je peux m'y lover avec mes poupées, l'ours en peluche avec son œil bleu et son œil marron, plein de connivence, et aussi le grand méchant loup avec ses oreilles pointues. Je n'ose respirer quand il me regarde. J'ai de longues conversations avec lui et l'on n'est pas d'accord tous les deux, je me fâche et l'envoie promener mais il ne me lâche

pas, il ne me lâche jamais. Je reviens à la charge tout le temps et finis par me rendre à ses raisons, par faire ce qu'il me dit sinon il m'abandonne, délaisse le coffre pour la niche du chien Esculape. Je l'y rejoins, et là, entre chien et loup, dans cette autre cage, paradis et enfer alternés, loup feulant bas, chien donneur de patte grognant doux, je m'endors, mais une main me secoue, la voix sèche de madame mère si jolie et si parfumée à la vanille, m'ordonne de sortir de là. Un cri qui me vrille les oreilles, des yeux noirs hallucinés, un chignon en granit dans une élégance médiévale comprimée de parures, perles et diamants sortis d'une cassette trônant sur sa coiffeuse aux moulures en feuilles d'acanthes.

Si madame mère s'absente de notre demeure, dans sa chambre remplie de nuit, quelques traits de lumière trahissant le cadre de la cassette, j'ouvre le précieux tabernacle, et le dos mouillé de sueur, joie et honte mêlées, je me pavane dans ces dorures d'église puis referme cette caverne d'Ali Baba, fruit défendu que je délaisse dans un désir posé et la peur au ventre.

La punition ne se fait pas attendre...

"Jeanne était au pain sec dans le cabinet noir."

Et l'on me pousse dans un réduit pluvieux de mélancolie. C'est vraiment trop noir... Si loin de l'ombre douce du coffre des poupées.

L'obscurité du placard, ce que mère nomme le boudoir est compacte.

Je ne pleure pas.

Une servante en tablier blanc se glisse dans ma cellule et bouche cousue, y dépose une tranche de pain non beurrée et un verre d'eau sur un petit plateau d'argent. En sortant, elle laisse la porte entrebâillée, elle s'éloigne, puis elle repasse et j'aperçois le cisaillement de ses jambes. Je me sens meurtrie, abandonnée du genre humain. La porte se referme. Je guette les odeurs qui pourraient monter des cuisines, souvenirs sucrés des gâteaux d'anniversaire. Au plafond de ma prison, grattements infimes de pattes, crissements feutrés de mandibules : à mes lèvres montent des mots qui sont nerfs, qui sont chairs, criés du désir de fuir mais je ne pleure pas. Puis je rêve et m'envole plus haut que le placard, comme si une main venait détendre l'arc du silence, comme si une oreille pouvait entendre le vent au-dedans, comme si un œil pouvait percer l'encre de la nuit, comme si un vagabond pouvait passer par là et pousser la porte de mon réduit.

Il la poussera un jour le vagabond châtelain d'Ornans quand je le rencontrerai chez madame mère dans notre hôtel particulier de la Contre Escarpe à Paris, fenêtres closes, paupières ridées, tous feux éteints.

Il est le fils d'un Comtois fier et orgueilleux.

Il parle de Lison et de Loue, de grottes et de falaises, de reculées et de forêts, de neige, de silence et de vent.

De l'entendre parler avec cet accent appuyé et chantant il est le blond Suédois qui conquit son pays au dix-septième siècle. Il est la rivière Loue et le Lison qui jaillissent de la résurgence d'un autre fleuve hérissé de fureur, le Doubs qui se calme lorsqu'il encercle Besançon. Il est la citadelle de Vauban muraille épaisse protégeant la cité comtoise. Il est Victor Hugo en cette ville espagnole quand "ce siècle avait deux ans". Il est la Tristesse d'Olympio. Il est le Soldat de l'an deux, l'âme sans épouvante et les pieds sans souliers. Il est Juliette Drouet sentant couver la maladie d'amour. Il est Quasimodo se balançant dans les tours de Notre-Dame. Il est Cosette face aux Ténardiers. Il est Léopoldine dans l'eau glacée de la Seine. Il est Léopoldine "dès l'aube où blanchit la campagne". Il est Océanonox.

Il est Courbet d'Ornans, bohème révolutionnaire, encanaillé dans les Îles Basses. Il est L'Origine du Monde honteusement dissimulée derrière son rideau noir. Il est

L'Atelier du peintre. *Il est* La Toilette de la morte *en même temps que le goûter incongru des ensevelisseuses. Il est le prisonnier à Sainte-Pélagie. Il est* L'Hallali du cerf dans la neige. Il est La Promenade *en bateau sur une barque à fond plat. Il est la* Grotte de la Loue *commencement cosmique du monde. Il est la biche et le chevreuil à Plaisir-Fontaine. Il est la misère des* Casseurs de pierres *et l'inconvenance des ecclésiastiques au retour de leur conférence. Il est le paysan hilare qui se signe à leur passage. Il est le démolisseur de la Colonne Vendôme.*
Il est la forêt de sapins du Haut-Doubs. Il est l'herbe drue où paissent les troupeaux. Il est les sonnailles au cou des vaches dans les gras pâturages. Il est la "fruitière" où coule le lait vers le fromage de Comté. Il est la truite qui fraie et se moque de la mouche. Il est les fleurs de Saintonge.
Un vagabond auréolé d'amour.
La flamme douce et l'autre qui dévaste, la rumeur liquide qui se déverse dans l'ombre, la pensée décousue dans le murmure de ses bois d'Ornans, la paille sous les doigts dans les moissons d'été, les neiges odorantes au travers de ses mots, le soleil couché dans sa barque souterraine, le ciel sur l'eau appuyé, l'ombre de Victor Hugo au pied de la citadelle bisontine, le cerf de Courbet se désaltérant dans la Loue, la fraîcheur de son église douce à saint Laurent rôtissant sur le gril, les parfums de terre nue autour de son château où vingt maisons se blottissent au creux des falaises, les rafales de vent peignant les talus, le halo des lampes à pétrole et des bougies le soir à la veillée, les paysans laborieux, les paysannes familières, attentives et dévouées au château.
Découverte enivrante de cette vie à Ornans, des premiers jours, des premières semaines, des premières années auprès d'un homme amoureux. Puis tout un jardin

d'espace et d'air qui s'acharne à coudre nos amours dans des nuits où peu à peu la peur et le désir de voir s'articulent.
L'esprit du châtelain s'emplissant d'austérité, d'éloignement, de brouillard, mes chevauchées dans et hors du parc du domaine m'apprirent un ailleurs. Couleurs vives qui virent vers le sombre, le ouaté, glissement que perçoit le corps sans penser à rien, comme s'il retournait dans le placard d'enfance laissant la porte entrouverte. »

Il la poussera l'autre vagabond, maître des fanfares et du laisser-courre au château. Étranger, un simple étranger, mais un cavalier en habit de lumière, concertiste dans une meute d'hommes de femmes et de chiens poursuivant le gibier. Lui, face au grand brocard comme au dix-cors, de sa trompe il informe les veneurs, grêle ou gros ton sorti de son souffle jusqu'à l'hallali. Sonneur au château, il y pénètre en secret, ténèbres, habitacle des désirs amoureux, clarté des nuits brûlantes, fautes surannées, tromperie et perversion.
Honte, culpabilité, agenouillement de la pénitente, bonheur jaune quand le soleil dévoile leur forfaiture et que l'homme cherche un rai d'ombre, celui des grands bois ou celui du placard, loup dans la tanière, boudoir accueillant qui occulte le péché dans le clair obscur des années lointaines comme les écrins boisés qui abritent les morts.

C'est le cousin pharmacien qui l'a trouvée inanimée, dans la barque dérivant sur la Loue : la châtelaine avec ses joues blêmes et ses orbites bleuies, comme insouciante, couchée en travers de la plate, une main sur les yeux, l'autre au flacon d'élixir improbable.

Cousin éloigné peut-être... Il débarque souvent de Paris, en pompeux et prétentieux attelage, avec ses fioles, ses potions, ses élixirs. Un grand dégingandé, un ventre jaune* à la tête derrière un bec d'oiseau. Dans sa bouche, des mots aigres, acides comme ses poisons, des sons rauques sur un bruit de cailloux qu'on verse dans une benne, des yeux roulants pour se frayer un passage vers elle, sa cousine châtelaine.
Il s'incline devant elle, brusquement. Le buste affolé, en avant elle bouge son corps surpris.
Lui le châtelain, dans sa demeure, grand homme au front altier, précieusement, de ses mains gantées, pousse raides devant lui sa canne et sa froideur. Opulente distinction du dilettante, du docteur ès componction qui s'écoute parler, accordant son pas à celui des autres au visage glabre et moulés dans leurs vêtements sobres et bien coupés.
Il traverse, les dents serrées, la chambre bleue aux volets et aux fenêtres grandes ouvertes sur la nuit où une servante a couru l'avertir de la tragédie. Effroi qu'elle soit morte hors de toute présence. Il tourne autour de son absence comme à la recherche d'une issue par où la rejoindre. Qu'elle soit là, désir absurde, pour l'aider à vivre ce drame absolu, que se révèle le nom de l'auteur botté de sa mort.
Leur passé renaît aujourd'hui avec son cortège d'émotions, flux et reflux de sensations, d'images.
Mais elle est morte.
Il n'a rien vu venir. Était-il le seul dans cette amnésie ?
Il pense aux aveugles à qui la cécité interdit la couleur du ciel, il pense aux sourds qui jamais ne connaîtront la douceur d'un *adagio*, ils pensent à ceux-là pour vaincre sa rancœur et sa cécité.
Se souvenait-elle de ce train matinal qui l'amena de Paris à Ornans pour la première fois ? Du sourire heureux qui éclairait son visage ? De leurs bavardages amoureux dans

les allées du château ? Des choses indéfinissables qui auréolaient leurs relations ?
Quand le fil a-t-il cassé ?
À partir de quoi s'est-il dévidé ?
Où est la brèche ?
On aurait dit qu'elle, sa châtelaine, faisait fructifier les valeurs de la morale universelle. Faisait-elle le décompte de leurs floraisons fanées et sans l'espoir de nouvelles moissons ? Ses fatigues répétées étaient-elles feintes ?
Elle lui apparaît maintenant comme une énigme et il s'interroge.
Il n'a rien vu venir. A-t-il laissé vivre en lui le monde immobile ?
Elle évoluait dans un monde tumultueux, empruntaient-ils des chemins parallèles ?
Lui, conduit au bord de la fosse, elle, au fond du trou qui lui cache la vue des vivants.
Va-t-il pardonner à son épouse de l'avoir abandonné, lui, aux mains de ce cousin, cet apothicaire ?
Il se dit qu'elle avait brisé leur intimité, mais ne s'en souciait guère. Hier encore il lui réclamait les anciennes soirées si émouvantes au cours desquelles ils devisaient harmonieusement, mais elle s'arrangeait pour que le pharmacien vienne les interrompre, elle s'éclipsait, son châtelain était en bonnes mains. Elle voulait en finir avec cette vie fade, elle l'abandonnait l'époux, au cousin qui l'entraînait dans ses bizarreries que lui gobait, le regard vide, comme s'il avait perdu l'esprit, comme s'il basculait dans la folie. Incroyable dépendance à l'homme aux idées subversives, à ses drogues, à ses soporifiques qu'il acceptait de manière infantile et soumise.
L'autre, le ventre jaune, faisait preuve d'une incroyable compétence d'homme habile et convaincant. Il vénérait la cousine, l'idolâtrait, la trouvait séduisante et trop bien pour son cousin châtelain.

Il haïssait tous ceux qui l'approchaient, elle le torturait avec la distance qu'elle mettait entre eux deux.
Lorsqu'il lui donnait du « chère petite » elle l'autorisait à franchir la porte de ses appartements et c'est là que fouillant dans ses poches, il exhibait pour elle ses fioles, ampoules, fiasques et flasques, petits joyaux de pharmacie qu'il étalait sur le bord de la baignoire. Il vantait le pouvoir énergétique des uns, la puissance apaisante des autres. Elle croyait qu'elle allait se baigner dans une vie nouvelle, s'immerger dans de capiteuses drogues.
Dans cette panoplie, il ne manquait pas de lui offrir aussi les gouttes de l'Abbé Chaupitre numéro zéro, gages de la virilité masculine, dangereuses pour elle-même certes, mais qu'elle saurait administrer finement à son pauvre châtelain. Il fallait qu'elle en fasse bon usage...
Avant de quitter les lieux, l'homme, avec la volonté tendue d'un rapace, vérifiait l'ordre de ses médications, favorisait l'une avec quelques gouttes de l'autre, étiquetait soigneusement les petites bouteilles pansues. Elle, s'abîmait dans la douceur de cet enchantement, lui dans une sorte d'envoûtement enlaçait la châtelaine qui se dérobait, confortant le cousin dans ses sombres projets.
Derrière leurs mouchoirs, les femmes à l'enterrement, comprimées au pied de la falaise soliloquent en forme de prière et se souviennent : Pélagie au service de la châtelaine et de son châtelain se prêtait à leur tyrannie. Elle apprit à connaître les gens de la haute. Entrée dans leur monde elle respirait autrement. Elle se sentait tout de même plus à l'aise avec la dame qui sortait peu du château sauf pour les chasses à courre en forêt. Le plus souvent retirée dans sa chambre, elle lisait, brodait, jouait doucement du piano. Le soir, Anaïs et Pélagie l'aidaient à prendre son bain, elles étaient tenues de la cajoler, le maître l'exigeait. Cette vie de recluse inquiétait les deux femmes. « Pourquoi n'iriez-vous pas vous promener au

bois » lui disaient-elles, et la dame de les regarder avec des yeux étonnés comme si ces mots la violaient. Qu'en aurait pensé son époux ?

Le châtelain était d'une race dure. Froideur vaniteuse dépourvue de chaleur humaine sauf lorsque par un rituel besoin, il faisait la lecture à sa femme au cours de leurs soirées intimes qui toutefois ne dépassaient pas les neuf heures, la dame se sentait vite fatiguée. Il y avait parfois des invités au château : une vieille tante que Pélagie aimait bien en raison de sa simplicité. Gentille avec la servante, elle la questionnait sur la vie au château, les habitudes des châtelains et celles de ce pharmacien si souvent invité, le cousin. Celui-là, Pélagie ne l'aimait pas avec son corps mince et blanc, ses yeux de hibou et cette bouche... C'est lui qui savait faire rire la dame pourtant. Peu à peu, la châtelaine prit goût aux promenades dans le parc et même dans la forêt voisine. Le châtelain ne l'accompagnait que les jours de grandes chasses.

Avec le pharmacien, ils restaient à deviser, marcher dans son jardin privé, aller au village, à l'église.

De ces petites randonnées équestres elle rentrait au crépuscule : « Tiens, vous voilà madame, je commençais à me demander si vous étiez perdue. »

« Suis-je en retard ? » soufflait-elle aux servantes.

Au cours du dîner elle se montrait une hôtesse enjouée, attentionnée et vigilante, plus gaie que d'habitude, elle avait quelque chose de changé. Le pharmacien resté au château avec son cousin s'en aperçut-il ? Il la dévisagea avec des yeux brillants et inquisiteurs. Ceux de la dame avaient une étrange beauté.

Un jour elle trouva porte close à son retour tardif. Pélagie lui ouvrit en cachette, elle en fut agacée, espaça ses sorties, garda la chambre, lumières éteintes le soir mais fenêtres grandes ouvertes sur la terrasse et les jardins.

Ce soir là, Pélagie ne trouva pas son homme le sonneur du château pour l'heure du souper à la maison comme d'habitude. Il dit qu'un orage l'avait retenu dans les allées cavalières. Le bois était inondé par la chute de gros paquets d'eau, les chiens transis.
Pélagie demanda : « Et la dame a-t-elle évité l'orage ? »
L'homme pensait que peut-être... sans doute...
Son rôle n'était pas dit-il, de protéger les humains mais la meute des chiens.
Le lendemain au château la dame était fiévreuse, elle garda le lit. Le pharmacien lui prépara une décoction de pied d'alouette dans laquelle il distilla quelques gouttes d'un petit liquide rougeâtre puis une larme d'une préparation de sa composition. Anaïs et Pélagie le regardaient faire, lui le nez baissé sous son air matois. Elles l'approuvaient, il fallait bien guérir la dame.
Quand le sonneur prit l'habitude de retours tardifs à la maison, même des nuits entières hors du logis, Pélagie s'en ouvrit au pharmacien ce nouvel allié malgré son visage pâle et ses yeux globuleux. L'apothicaire enregistrait passivement les paroles de la femme. Puis il dirigea la conversation comme s'il exécutait une préparation pharmaceutique :
Le sonneur était-il ivre quand il rentrait ?
Était-il sec ou mouillé ?
Se montrait-il gai ou triste ?
Lui faisait-il l'amour ?
Pélagie fut touchée au vif et se crispa dans ses réponses.
Au château la vie s'écoulait paisible en apparence, le châtelain muet dans sa dignité, le pharmacien louvoyant d'une fiole à l'autre.
« Le printemps me rend inquiète, j'ai peur des choses » dit la châtelaine.
« Bonne nuit madame » dit la servante.

Derrière son mouchoir, Pélagie serre les mâchoires, les hommes poussent le portillon du mystère, le chien grognonne, le doute tangue sous la falaise.

Le visage enfoui derrière son mouchoir, serrée au pied de l'à-pic, Anaïs elle aussi se souvient : c'était jour de lessive au château. En cornette de lin, elle poussait la brouette pleine de draps et de nappes à rincer dans la Loue. Pélagie était de cuisine au domaine et Anaïs retrouvait là une autre femme d'Ornans, la Clémence, son Charles cordonnier était à ses souliers quand il ne s'abandonnait pas dans les catacombes.

Le Babeu dans son errance de chien perdu, sa résignation muette et son flou séraphique avançait là près des femmes, en bord de Loue. Navigation schizophrène. Il allait à petit souffle, à petits pas, l'air absent mais l'oreille attentive, puis il passait son chemin.

« C'est rien dirent les femmes, c'est le Babeu » et elles continuèrent d'égrener leurs souvenirs. La Clémence avait laissé son échoppe de couturière, ses ciseaux, son mètre à ruban, ses jutes paysannes et les soies excitantes dont elle habillait si souvent la dame, morte aujourd'hui. Elle écoutait les propos d'Anaïs : c'est ici qu'on retrouva échouée la barque du sonneur et dedans, la dame raide comme une fleur de gentiane. Que Dieu ait son âme (les femmes se signent) et lui ouvre son paradis.

Pour les Comtois, la légende dit que lorsque Dieu voulut par des milliers de petits trous dans le firmament nous laisser entrevoir son paradis, il se servit d'un emporte-pièce et les petites étoiles tombées du ciel sur les montagnes sont devenues des gentianes bleues.

Je me souviens, reprit Anaïs, la dame s'habillait souvent de ce bleu gentiane pour se promener ici, l'été, en amont du village, près de l'eau, sous les vieux aulnes. Elle marchait sans fin et baissait les yeux comme si elle méditait.

Elle me signifia, certain jour de laisser là ma lessive et de rentrer au château où disait-elle, j'avais mieux à faire.

J'obéis.

À mon arrivée au château, le maître me demanda où était madame. « Dans sa chambre » lui répondis-je.

C'est maintenant que je me dis que les sentiers qu'elle suivait au bord de l'eau étaient plus risqués qu'un voyage autour de sa chambre.

Aurais-je dû livrer mon secret ?

Pélagie elle, laissait faire, parlait fréquemment avec le pharmacien, parfois avec le Babeu, souvent même.

Un jour j'eus le courage de suivre la châtelaine de loin à la nuit tombée. Elle était allongée dans la barque et c'est le Babeu qui pesait sur la perche. Où la conduisait-il ?

Je le dis à Pélagie qui ne répondit rien. Pourquoi ?

La Clémence révéla encore que de son atelier de couturière, elle pouvait apercevoir le pied de la falaise. Elle y repéra un soir, le sonneur et la châtelaine escaladant la paroi. Investie d'un privilège de voyeuse elle se tut mais fredonna intérieurement un chant dont elle ne voulut pas comprendre les paroles tant les mots portent les choses.

Je me souviens, dit-elle vagabondant dans ses pensées, des jours de chasse à courre où, de ma fenêtre j'apercevais la dame qui montrait une élégance, un port de tête impérieux, conduisant le sonneur sous une férule vousoyante. Dans les allées forestières, châtelain et pharmacien se réservaient une marge d'air. Les chiens se taisaient. Le sonneur exécutait son toucher de trompe. C'est là que l'amant régnait.

Ce n'est pas mon seul souvenir d'elle dit encore Clémence : à l'église d'Ornans, là aussi elle était resplendissante sous sa mantille noire aux côtés de monsieur le comte, dans leur banc réservé.

Lorsqu'elle quittait le lieu saint, le Babeu pendu à la cloche de l'église offrait le carillon de dimanche midi. Les cloches sonnaient à toute volée. Paysans et notables se réunissaient sur la place, tous ignoraient le Babeu essoufflé par son exploit, sauf le pharmacien qui l'encourageait du regard en lui touchant l'épaule. Et moi, j'étais persuadée depuis longtemps que la dame avait un secret que j'aurais pu connaître durant les essayages de couture si j'avais osé la questionner.

Un jour au bord de l'eau continua Anaïs j'avais repris ma lessive, la dame m'expliqua que la Loue l'absorbait, la protégeait. Les vagues, les odeurs, les mousses l'enlaçaient comme si elle était une pauvre étourdie. Entendant cela je la cherchais le soir désormais du côté de l'eau et la trouvais souvent dans la clairière adossée à la cabane. Elle me chassait.

Une autre fois je la trouvai endormie sous les noisetiers, je partis sans la réveiller. Au retour, passant devant l'église, rue de la Froidière, je vis le pharmacien qui chuchotait à l'oreille du Babeu, puis le taquinait.

Lorsque nous rangions la chambre de la Châtelaine, je m'occupais des livres et des bibelots, Pélagie des fioles et des ampoules de plus en plus nombreuses sur les étagères de la salle de bains. Elle les rangeait, les dérangeait, observait les étiquettes, dévissait parfois un bouchon puis un autre. Le pharmacien en aurait-il apporté de nouvelles ? Notre maîtresse en prenait grand soin, elle les ouvrait, les refermait, la fiasque d'opaline avait sa préférence, elle l'emportait parfois avec elle dans sa petite aumônière.

La dernière fois que je vis le pharmacien avant le drame de la Loue, il marchait sur le foirail, côte à côte avec le châtelain, s'entretenant avec gravité de problèmes auxquels je ne compris rien car le Babeu en profitait pour se balancer là en psalmodiant son ba... beu... ba... beu...

lancinant et en prêtant l'oreille à la conversation des deux hommes qui ne le chassèrent pas, au contraire.
Mon dernier souvenir de la châtelaine ?
Elle sort de l'église.
Elle y rentre.
Elle en ressort aussitôt à petits pas vifs.
Sa mantille tombe sur le sol, elle ne la ramasse pas.
Le Babeu s'en empare.
Elle continue son chemin.
Des buses croisent dans le ciel.
Sonneur dans l'équipage des chasses à courre du château, aujourd'hui il a laissé son gilet rouge, son cor et son chapeau au clou.
Absent de cette masse noire hommes et femmes à l'enterrement, encagés dans ce théâtre d'ombre, sa cage est ailleurs humide et froide.
Homme des bois où serpente le chemin des douaniers, son cor chantait-il pour avertir les monstres ?
Il s'est risqué sur un chemin qui tremble et sans trouver l'issue quand les sirènes l'envoûtaient de leur chant.
« *Laisse-là ton pipeau*
Préfère à ta chaumière
Les honneurs du château. »
Pour aller au château c'était une route sans boussole qui courait dans les champs et les bois, qui roulait au bas des prés, au bout du monde. Il évitait l'errance des sentiers.
Elle, la châtelaine, dans son domaine, des rires plein les poches, déposait son invite dans des résonances d'aluminium : les vieilles demeures carillonnent leurs fêtes dans les courants d'air de leurs croisées. La rumeur disait que la dame masquant ainsi ses désirs, savait utiliser cet avantage...
Dans ce quartier haute sécurité, à pas de plomb, le sonneur enjambait-il la muraille ?

Le maître de céans souvent éloigné pour affaires, dans les recoins souples du château, se déployaient la perversité et la complicité des honnêtes femmes. Les amants s'échappaient vers la Loue, vers la barque du sonneur. Au village, sa Pélagie trempait la soupe, rangeait les écuelles, montait au château pour sortir la vaisselle en argent, les nappes de toile fine, entrer en cuisine, où une abondance de nourriture s'étalerait sur les tables : truites pêchées dans la Loue, gibiers abattus dans les forêts d'Ornans où la châtelaine aimait chevaucher, ses cheveux noirs nattés et roulés autour de la tête, son vêtement rouge porté avec tant de grâce. Lui le sonneur, droit dans son habit d'apparat, les jours de curée, devant la page blanche du cerf, les limiers invinciblement excités, le gibier lancé, attendait son heure pour sonner l'olifant. La dame l'encourageait d'un regard appuyé jusqu'à la mi-trompe puis le radouci. On dit que pour elle seule il donnait le ton de vénerie avec ses tayauts langoureux.

Dissimulée dans les allées du parc, derrière les bosquets où elle étendait le linge blanc et brodé, Pélagie regardait.

Ravagé de transes, habité de tourments, son corps à lui le sonneur disait sa rumeur, prêt à l'attendre, elle la châtelaine, sur la rivière, dans l'habitacle boisé, ou prêt à se jeter dans le grand lit, à genoux sur les draps.

Hier, quand l'orage a éclaté, c'était avant le drame, la Loue roulait ses eaux fougueuses et noirâtres, gros bouillons de ténèbres et de feu, le ciel balayé, rincé de ses derniers nuages, balafré d'éclairs blancs, les ramures s'entrecroisaient comme des épieux. L'amant n'est pas allé à la rivière, il est rentré à la maison.

Homme devant sa soupe, sombre, silencieux, nerveux, crispé. Pélagie se taisait.

Rendez-vous manqué, devait-il penser. Malchance.

Bienheureux orage l'ayant écarté du danger ?

La nuit tombée, la Loue s'est calmée.

C'est dans sa barque que la morte fut trouvée.
Ils ont emmené le sonneur sans dire un mot.

Aujourd'hui l'air qu'il respire est coupable, son rêve est profane. Illusion que le corps de la morte, dans sa caisse, serait capable de sentir son désarroi ? On dirait qu'au pied de la falaise un bruissement répond à son interrogation. On dirait qu'à distance les paysannes endeuillées le jugent. La cloche continue de battre grave et toutes ces mains levées pour un signe de croix restent en suspens tel un geste d'accusation.
C'est maintenant le temps des ruines, barreaux, serrures, œilleton sur les portes qui laissent voir sans être vu, transpiration, gamelle de soupe fade.
Quand il avance à pas de pluie vers la froide promenade, il va à pas de poutre et le désastre attend.
On grelotte dans les geôles près des falaises d'Ornans.
Ici, dans une patience de pierre, c'est comme si sa vie se mettait à tourner derrière l'étroite fenêtre de son cachot.
Jour englué.
Il aimerait que ses rêves tendent vers l'insouciance et la paresse. Dans la pénombre, les berges de son corps cherchent à s'offrir un clapotis paresseux, mais la planche de chêne est si dure sous son dos, qu'elles refusent de s'expatrier du territoire de son corps. Sa voix se fait buissonnière dans ce pays somnolent : soliloque, remous, sommeil, laisser-aller.
Quel désordre en sa mémoire, les mots flottent à l'envers.
Quel chaos, que de couloirs.
Il voudrait ne pas s'en faire, mais dans sa clavicule il sent le relief de l'os. Dans sa tête, les questions s'amassent :

poste restante de l'ombre, portières qui glissent dans l'entonnoir du silence. Il se sait innocent, mais c'est sa barque qui fut trouvée et dans laquelle était la dame inanimée...

Le sommeil finit par l'emporter : cauchemar d'eau qui remonte par les failles, la rivière Loue qui se dessèche, les truites pantelantes au ventre à l'air palpitant. Ornans qui resserre ses enceintes et ses bastions, approfondit ses tranchées, entaille ses falaises. Bordures désossées, renflouages de boue, terre des talus éboulée et mangée de ravines. La fosse de la morte ouverte, humide, et d'où jaillit un torrent, le curé qui blasphème dans une vapeur obscène, les pleureuses agitées de rires secrets, femmes désinvoltes dans la nudité vulnérable de leurs jambes.

Des paquets d'enfants coagulés dans la foule de l'enterrement déposent leur urine chaude au pied des arbres. La vie partout, transition incessante de la mort à l'existence.

De cette orgie, son rêve glisse vers des sentiers plus doux, mousses et bordures molles, talus pailleux, plan secret, puis le décor se brouille, devint indéchiffrable. Trace obscure, ligne à paroi de feuilles froissées, de scarabées morts.

Soudain sur son cheval une cavalière surgit : cheveux noirs nattés autour de la tête, manteau rouge porté avec grâce et élégance. Elle ralentit, laisse son cheval et s'allonge avec volupté à même la rocaille, seule.

Un claquement sec dans la serrure du cachot.

Il ouvre les yeux.

La main du gardien se convulse sur une sombre écuelle, se met à labourer sur place une zone de brouet noir et fétide. Derrière les murs de sa prison, il fait appel à toute sa détermination pour n'être pas désespéré, il se sait innocent.

« Prouver que l'on a raison serait accorder que l'on peur avoir tord. »
Est-ce sa mère qui parlait ainsi ?
Ou sa châtelaine qui précisait alors : Beaumarchais.
Qui pouvait-il être celui-là ?
Aucun à Ornans ne s'appelait ainsi.
Un ancien drille ? Un monstre prédateur ? Un séducteur ?
Un qui n'a pas eu à prouver ni qu'il avait raison, ni qu'il avait tort. Et lui, le sonneur, ne peut prouver qu'il a raison de clamer son innocence. Avec une patience de moine, il joue le rôle de l'humiliation.
De là-bas à Ornans sa Pélagie ne viendra pas le voir ici.
Langue de bois, langue de chêne, langue morte, attendre.

Il n'avait jamais quitté Ornans, il était des leurs dans le commencement des jours, dans son enfance de petit berger, puis charron du village et porteur aux enterrements, élevé plus tard au grade de sonneur au château.
Il n'avait jamais quitté Ornans où l'hiver l'emporte souvent. La première neige transfigure le paysage, enveloppe toutes choses de secret, hiver de silence. Celui du mitard ici est sans visage et sans lumière. Parfois les tempêtes s'accompagnent d'un vent fou dont on ne peut se protéger, qui hurle pendant des heures, il cingle le visage, assourdit, lancine, rugit à l'intérieur de la tête tel le vacarme des détenus ici.
À Ornans, les étés sont parfois brûlants et lorsqu'on remonte la Loue c'est l'eau qui rafraîchit. En automne, c'est une lumière végétale que l'on respire sans bruit, la barque glisse dans les feuilles du vent vers les bois où les chasses à courre se déchaînent dans un fumet de vendetta.

Alors comme un barrage s'ouvre afin que jaillissent des eaux trop longtemps contenues, l'homme se réfugie dans les souvenirs qui l'obsèdent.

La cavalière apparue dans son rêve allongée à même la rocaille semble prendre place près de lui sur la planche dure, et de même qu'elle tendait ses jambes l'une après l'autre sur le bois de la barque, elle semble les lui offrir ici.

Au rythme des vagues de la Loue, elle roulait ses bas un à un avec une infinie lenteur, les laissait tomber d'un geste désinvolte. Il effleurait la chair tendre de ses cuisses, ses longues chevilles de châtelaine.

Longue et nue, les mains ouvertes : « Quand nous aurons dormi ensemble, on ne pourra plus se séparer. »

Châtelaine, fille de l'attente, elle disparaissait sans plus donner signe de vie, laissant sur le fond de l'embarcation quelques cheveux noirs, une épingle à cheveux, et aussi une boucle d'oreille dont il se demandait si elle ne l'avait pas fait exprès, comme la promesse qu'elle reviendrait.

En levant les yeux vers le hublot haut perché sur le mur de sa cellule, il aperçoit la lune très haut dans le ciel pur.

Sa claustration lui paraît plus noire que la nuit elle-même, lui l'homme des grands espaces, fait pour les chevauchées, l'immensité des grands bois, la seule mesure qui lui convienne.

Ici, le plafond se fissure, les toiles d'araignées pendent dans les coins.

« Tu ne vas pas me faire l'amour ici » dirait-elle inquiète.

Elle questionnait près de la rivière : « Tu reviendras demain ? »

Son instinct répondait non, sa bouche disait oui.

Elle aimait jouer avec le feu.

Quand son mari et le cousin pharmacien la retenaient au château, puis l'accompagnaient dans les chevauchées en plein bois, le sonneur y jouait son rôle. Avec le cor, il demeurait immobile devant elle, se retenant de la dévisager, et au plus profond de l'absence, il se sentait au plus près d'elle.

Il y eut un jour où la force leur manqua pour se séparer, amants aimants. Une ombre avare masquait peu la nuit blanche. Ils coupèrent une pomme à l'équateur, elle l'initia à l'amertume des pépins de pomme, au cyanure qu'ils renferment. Il comprit le danger contenu dans le fruit défendu, son pouvoir aussi, ses limites à l'asservissement. Il savait qu'il devrait un jour ou l'autre renoncer à leurs amours comme on renonce à une drogue. Il devait aussi compter avec Anaïs et Pélagie, femmes alliées pour lui porter ombrage.

Elles vivaient sur des planètes opposées à la sienne mais toutes deux au service de la châtelaine, elles s'abritaient dans les faux plis du temps et du dévouement à leur maîtresse, aujourd'hui posthume, partagées entre crainte et colère.

Levant de nouveau les yeux vers le soupirail, le sonneur découvre la lune, les deux amants aimaient les nuits.

« La forêt était calme, si calme. Les premières violettes étaient écloses et le bois tout entier embaumait, parfumant même le souffle du vent. C'était le crépuscule. Elle surgit du fourré, Perséphone ayant quitté son enfer, déesse d'un monde où manger les pépins de grenade, m'apprit-elle, aurait pu à jamais la lier à son châtelain. Ce fut une pomme partagée avec moi, dans ma barque, qui fit d'elle une amante, une reine de la Loue et du printemps aussi. Si Zeus l'avait condamnée aux enfers pour six mois d'hiver au côté de son époux, elle était maintenant sur terre et c'était le printemps. Immobile, elle semblait retrouver le courant de sa véritable destinée. Elle avait été attachée, liée, meurtrie, emmurée dans son château, elle était

maintenant ici, libre au bon vouloir de la Loue qui grondait sous la masse stridente des mélèzes. Elle s'aventura sous les sapins et découvrit dans une clairière la cabane où je rangeais mes outils. Elle s'assit sur le tabouret au seuil de la porte et je la réchauffai de mes mains calmes, rapides, impatientes. Crainte confuse que j'éprouvai enserrant de mes humbles bras de sonneur ce corps de châtelaine.
Dans la cabane il faisait sombre, très sombre. Je fermai la porte nous abritant ainsi pour cette nuit de la clarté de la lune.
Dans ce crépuscule, le bois était endormi, indifférent, inaccessible. Dès potron-minet nous quittâmes la cabane. Elle s'assit à même le sol, le dos à un jeune bouleau sous lequel un léger ruissellement d'eau dévalait la pente, nous y baignâmes mains et visage. Dans cette Comté où la nature est reine des résurgences, les reculées de la Loue et du Lison s'enfouissent dans la montagne au gré de leurs caprices pour se terminer « au bout du monde ».
Nous eûmes envie de ce bout du monde et dans le froid poisseux de la fin de nuit, nous regagnâmes la rive trempée. L'air était vide et laiteux, les vagues toutes blanches, la terre spongieuse.
Je la déposai telle une porcelaine dans ma barge et me mis à peser sur la perche. Un cormoran rasa la surface de l'eau, plongea et replongea dans ce fragment de jour affolé puis il offrit ses ailes fripées aux premières lueurs de l'aube. L'onde filait entre les algues d'eau douce. Elle y plongea les mains qui bleuissaient de froid.
« Je me fais algues et cormoran » dit-elle.
Le soleil fit semblant de remplacer la nuit. En passeur de l'Achéron je fus stoppé par la chaîne des falaises d'Ornans, fis glisser l'ancre et la barque s'amarra.
Un peu ankylosée elle se leva et gagna les risées de sable. Nous sortîmes de l'étroite vallée de la Loue et entreprîmes

l'escalade de la Roche de Dix Heures ainsi nommée parce que les vignerons se servaient de son ombre comme méridien. L'immense roche du Mont offrit sous nos pas de longues herbes blondes, des bruyères passées de l'autre automne, des genévriers, des hêtres rabougris. Elle aimait s'y attarder. De degrés en degrés nous fîmes l'ascension de la muraille. Dans un cirque de calcaire gris tapissé de mousse, un gouffre de trois cents mètres contrastait avec les sites alentours. Nous nous penchâmes sur cette béance. Les corbeaux et les buses y tournoyaient, leurs cris résonnaient comme dans une église, des gouttes d'eau sonores pianotaient sur les parois. Nous nous allongeâmes sur le sol, les oreilles collées à la terre pour écouter ce concert d'orgue.

La nuit pâlissait de plus en plus, il ne faisait presque plus d'obscurité entre les hêtres. Nous aurions voulu partir mais ne nous décidions pas. Allongés là, nous écoutions tous ces bruits étouffés, les étranges soupirs du vent où il semblait ne pas souffler, nos respirations à l'unisson en une douce caresse, nos mains liées en une communion de peaux tièdes.

Dans cet univers inviolé des ronciers violacés et des vieilles fougères rousses rappelèrent la saison d'hiver. À cette évocation elle frissonna : condamnée à être reine des morts en hiver, la Loue avait fait d'elle la fille du Styx et du printemps.

De petits souffles de soleil allumaient ce cirque de falaises. En bas, tout au fond, les toits du village d'Ornans se rengorgeaient autour du château et de l'église au clocher de fer blanc.

Dans ce pays d'eaux vives, vue de si haut la Loue serpentait, soumise comme une esclave, puis hérissée, se précipitait au bas d'un barrage naturel entre les bâtiments d'un moulin, maison blanche au bord de son écluse.

*En contrebas, la plate que nous avions abandonnée était un tout petit point agité au bon plaisir de la bise.
Ici, les mugissements et l'agitation des hauteurs répandaient au sol quelques courants d'air tièdes.
Une étrange excitation s'empara de nous.
Le ciel s'illumina d'un coup sous la poussée du soleil. »*

Levant de nouveau les yeux vers le soupirail de sa prison, le sonneur voit poindre l'aurore. La pique du jour le laverait-elle de ses angoisses nocturnes ?
Là bas au pied de la falaise, elle gît dans son coffre de bois. Les vivants accumulent des images cherchant des preuves. Tous, enfants, jeunes et vieux se réfugient dans les souvenirs.

C'était l'été dernier : Constant, adolescent oisif, contourne les murailles du château, emprunte le chemin de ronde déjà tout bleu de nuit, escalade la grille moussue et se hisse dans le tilleul face à une fenêtre éclairée, un coussin de fougères dans le dos, il assiste à un rite étrange.
Par la fenêtre à peine ouverte et dont il s'approche un peu en glissant le long d'une grosse branche, il découvre une salle haute, carrée, grande pièce aux placards béants, débordant de serviettes éponge. Le long du mur, sur des étagères, des flacons, des poudres, des pâtes, des onguents, en sachets, en pots, des perruques, des brosses, des peignes, et autre babioles fragiles.
Deux femmes, Anaïs et Pélagie, bondées de force, gainées dans leurs robes de paysannes, carcans de hanches et de bras soudés, retroussent leurs jupes sur leurs cuisses puissantes, peau levain de la blonde, peau tanin de la brune.

C'est bien une fête que leur croupe, élan de chair subversive contrastant dans ce décor ouaté.

Les deux femmes ne parlent pas, leurs joues sont empourprées et sous leur regard translucide comme un soupçon d'interrogation et de tricherie. Une tension prête à leur corps un air embarrassé. C'est bien cela, une confusion affleurant dans leur chair et dans leurs gestes. Elles sont là dans ce décor qui ne leur est pas habituel, près du village où leur cuisine au sol en terre battue est aussi leur salle de bains avec la grosse cuve de zinc où l'on lave les enfants près du feu vif de la cheminée. Leurs hommes s'y trempent parfois et dans les vapeurs de nourriture, de relents de cendre, de cuir, de savon, de pain frais, d'œufs cuits dans la graisse et de paille humide, ils fracassent l'eau de leurs corps lourds et besogneux, se frottent d'un gant allègre, avant de déployer et d'enfiler leurs chemises gaufrées et leur pantalon rêche.

Leur corps redevient ainsi alerte, un corps de maître à danser, d'empereur romain, de pape, de veneur et de sonneur surtout, dans les bois du château quand les jours de chasse la dame les convie à la curée.

Ici, les deux femmes, leurs corsages évincés au-dessous des hanches, leurs jeunes bras nus (crispant l'enfant d'inquiétude) elles remplissent à pleins seaux un grand baquet de métal caréné de bois roux. La lueur des bougies projette un voile sur cette baignoire immense, on peut s'y coucher à deux, de tout son long.

« Laissez-moi seule à présent » dit la dame qui pénètre là. Elle se déshabille laissant une porte entrebâillée.

Constant la perd de vue, puis il la voit réapparaître, réajustant son chignon, entièrement nue, fuseau de chair pâle, corps de châtelaine sans histoire, souple et étroit, soyeux des duvets, ganglions pervenche.

En enjambant le bord du bain, elle pousse un petit cri, dosant le froid du torride. L'enfant en ressent des frissons sur tout le corps.

À l'aide d'une éponge elle fait ruisseler l'eau sur sa peau. Il peut suivre ses gestes avec tant de précision qu'il lui semble que la cascade ruisselle sur sa propre peau, ses yeux dénoués, son sexe soudain révélé à lui tel celui des grands garçons se baignant dans la rivière avec les filles au printemps. Ici, la baigneuse laisse ses mains ballotter autour d'elle, le buste se dérobe sous elle puis réapparaît blanc : globes d'émail, pendentifs que Constant a envie de toucher sans savoir pourquoi et dans une émotion dont il n'arrive pas à démêler le sens.

Avec des miaulements de poupée, elle se cabre à fond de manière à pouvoir inspecter le bas de son dos, le renflement des fesses et découvre là un petit bouton carmin sur son épiderme moiré. Elle use d'un miroir grossissant pour mieux épier les indices et le verre dilate le globe de ses seins. Des moiteurs guettent l'enfant, son corps bruisse autour de l'axe.

La dame, un flacon à la main parcourt ses hanches de caresses très longues et très lentes puis lève un doigt vers la porte entrebâillée.

Les deux matrones resurgissent alors, la sortent de son bain, la bouchonnent vigoureusement : éruption brutale de leurs peaux mêlées, floraisons de leurs cils rêches ou délicats qui font de Constant un captif lorgnant un hublot au fond d'un vaisseau.

Après le grabuge, elles appliquent une crème diaphane sur le dos et les pieds de la dame, l'humectent de laits, ouvrent des flacons de cristal, fourniquent dans un pêle-mêle indicible, tamponnent des gouttes de sang, lénifient.

La dame tend la main vers une console de marbre où s'aligne tout une pharmacopée : minuscules fioles de l'Abbé Chaupitre achetées au colporteur en août le jour de la saint Laurent. Chaque petit flacon avec le portrait et la signature de l'abbé, son numéro, ses exquises dilutions, ses précipités, ses formules pour soulager de la migraine, des insomnies ou des palpitations.

D'autres élixirs ont été déposés là par le cousin pharmacien...

Dans la fraîcheur chirurgicale de la salle de bains, les deux femmes s'activent dans une ambiance de grands accidents, scalpels et bistouris d'assassinats.

Sur un plateau d'argent, dans des verres en cristal, elles font tomber la goutte Chaupitre numéro 1 (énergie).

La goutte Chaupitre numéro 2 (minceur).

La goutte Chaupitre numéro 3 (perle de peau) et la dernière Chaupitre numéro 4 (étouffement).

La dame avale encore le remontant.

Lavande
  Ortie
    Urtica
      Eucalyptus.

Les potions dansent dans les verres, des électrolyses où mijotent une eau et un feu d'apocalypse.

En douce, les femmes tripotent les fioles qui hantent ce laboratoire. On dirait des humeurs prélevées sur des viscères.

Avec des précautions, des dangers, elles épient les indices, lorgnent vers les étiquettes où elles croient déchiffrer Aconitum, Belladonna, Cyanura, Sulfuris.

Elles exhibent un corps généreux, une terre sûre et saine qui ne redoute rien.

Constant quitte son repère, ses songes d'adolescent disloqués.

Le guichet du confessionnal grince et de chaque côté de l'huis grillagé deux visages aux yeux baissés, clos même.

Celui qui est agenouillé derrière le rideau noir et dont les pieds dépassent dans des sabots de bois est un enfant : le Constant.

– Mon père je m'accuse d'avoir été curieux et voyeur.

Le curé s'agite derrière son guichet. Il voit venir une vilaine affaire. Pour que son enfant de chœur éprouve le besoin de revenir au confessionnal aussi vite (le sacrement de pénitence proposé aux enfants, c'était hier) il faut qu'il en ait sur la conscience ou qu'il croie en avoir.

Les pieds de l'enfant sont agités, sa main droite ferraille dans sa poche, de l'autre il se gratte la tête.

– C'est bon, dit le curé, raconte-moi ton affaire.

– C'est l'été dernier que la chose s'est passée.

– Raconte depuis le commencement.

– J'ai regardé une femme nue dans son bain.

– Mais cette femme elle a un nom ? Est-ce que tu es venu ici pour te moquer de moi ?

– C'était l'été dernier dans le parc du château. Caché dans un arbre feuillu, j'ai vu par une fenêtre ouverte la dame nue dans son bain.

Dans l'ombre de son réduit, le curé hausse les épaules. Il n'est pas de ces prélats qui s'offusquent pour rien, mais là il gronde :

– Sais-tu Constant ce que tu es en train de faire ? Une mauvaise confession !

Constant, la peur au ventre décrit alors son forfait. Il s'applique à consulter sa boussole de mémoire et dans le tohu-bohu de ses mots il enchaîne : son désœuvrement de l'été, son escalade furtive dans l'arbre du château, sa découverte, la dame dans son bain, sa gourmandise du regard, Anaïs et Pélagie aux jupes relevées, leur agitation, les soins prodigués à leur châtelaine, le fioles de l'Abbé Chaupitre, la petite fiasque d'opaline bleue que la dame respire et dont elle avale quelques gouttes, les gestes

ambigus de la servante qui intervertit en cachette les étiquettes sur les flacons.
Là, le curé se réveille.
– Tu ne vas pas me dire...
– Si mon père, je vous le dis, j'ai vu cela.
De chaque côté de la lucarne grillagée, croisillons des aveux, le temps de l'absolution peut-il advenir ?
Troublé et gardant cette révélation pour lui-même, le curé signifie son pardon à l'enfant : réciter un *Pater* et un *Ave*, ne plus recommencer et quitter le confessionnal.
Mais l'enfant reste là, figé.
– Qu'est-ce encore galopin ?
– Je suis retourné mon père, dans l'arbre du château, c'était jeudi. Une bougie seulement éclairait le bain de la dame. Elle était absente, les servantes aussi. Le pharmacien seul tripotait les petites bouteilles, les ouvrait, les refermait, échangeait leurs bouchons, et moi je regardais son ombre aller et venir.
Le curé ne voulait pas admettre que cet enfant inventa ces voluptés diaboliques. Il se sentait l'humeur batailleuse qui humilie les mystères catholiques devant les évidences de la raison et il en rougissait, bien aise que Constant ne put l'apercevoir.
Mais l'enfant lui s'obstinait.
– Le pharmacien a soufflé la bougie puis il a disparu mais il a resurgi justement sous mon arbre où le Babeu arrivait sans bruit en se balançant, moi je n'osais plus respirer.
Le Babeu s'est emparé de la petite fiole bleue que lui tendait le pharmacien qui lui disait :
– Tu laisses la Bonneille, tu accostes et tu mouilles dès la Brême passée. La dame cachée là dans le fouillis du bois sortira, elle embarquera, tu lui tendras sa mantille noire qui dépasse de ta poche, ce flacon bleu, et tu pousseras la barque qui glissera doucement sur l'eau de la Loue.
Et, dit Constant, la dame est morte.

Dans son château d'If, le sonneur est morfondu, transi, il se sent seul, perdu, trahi dans cette apocalypse.

Douce Loue si proche autrefois, son premier cours d'eau dans le royaume d'enfance, il s'est lavé dans son onde, il a dormi sur ses rives, a glissé amoureusement sur son ourlet d'écume. Il savait qu'elle pouvait être rusée et faire naître la terreur, mais dans la lumière vert-citron des feuillages d'été, les nuits d'amour succédaient aux nuits d'amour.

Devenu cours d'eau monstrueux, enflé, palpitant de tout son fluide de mort, elle rugit là au pied de sa prison.

Une mouche énervée investit le carreau de sa cellule. Égarée dans ce paysage violet et humide, fébrile, elle s'enfonce dans l'éminence gluante, s'essouffle et s'arrête. L'homme fasciné par la bestiole intervient et tente de la déplacer avec mille précautions. La mouche résiste et va s'enfoncer jusqu'au cœur d'un fruit très mûr abandonné sur la gamelle du repas.

Lui, demeure tassé et immobile, passe son doigt sur le fruit lézardé, la mouche s'échappe.

Dans sa ceinture de glace, la rivière cogne au pied de la prison dans un fracas d'épées brisées.

La mouche atteint les contreforts du carreau, tournoie sur elle-même, puis s'affaisse, ses yeux dorés comme posés sur le fruit. L'homme s'empare du fruit d'où s'est exilée la mouche et calfeutre l'orifice avec des filaments juteux, bouchant la plaie de chair humide et brune.

La mouche, campée sur la vitre frotte ses ailes comme des torpilles, puis se tranquillise, la bête comme morte.

Lui prend peur et claque des mains pour la réveiller, qu'elle ne meure pas.

La Loue craque. On dirait qu'elle va desceller le mur de la prison.

La petite bête resurgit, noire, lisse, battante. Il est bouleversé, anxieux du plaisir proche, un vide en lui, il en est tout érodé.
L'insecte recule et atterrit sur le fruit, le contourne en reptations lestes. Il glisse entre les doigts du sonneur et le pique. Il la serre, c'est une mouche qui ne vole plus mais rampe, ailes écartées, la tête bourdonnante et noire de sang.
Elle flaire, inspecte la peau de l'homme, elle se ratatine davantage, les petites pattes disparaissent dans le ventre, la gueule se rabougrit et grésille.
Sa main est souillée d'une étrange petite bave qui s'épaissit comme si la mouche avait dégagé là ses humeurs de bête agonisante.

Tout est délabré, la prison, le silence vain.
On dirait que la Loue criant des appels que nul ne peut entendre, pénètre dans la cellule.

Laissant là sa rivière en fureur, un cormoran affolé secoue son col d'astrakan hors des chlorelles vertes, il vole à-tire-d'ailes vers le bord de l'écluse où l'été les femmes laveront en cornette de lin, où s'activeront les cribleuses de blé, les fileuses indolentes, des baigneuses peut-être montrant leurs échines et leurs croupes opulentes.
Il va le cormoran, il fuit et se pose un instant sous les peupliers que jamais l'on ne taille et qu'on voit comme gens avinés se côtoyer entre eux.
Il va le cormoran, mais au fond du silence résonne le cor d'un chasseur.
Il craint le cormoran, il regrette ce voyage imprudent et d'une allure hardie il remonte la rive jusqu'aux bras de la Brême, ce ruisseau du Puits-noir, figure si profonde, privé

de ciel sous les branches. Tout y est enfermé, clos, emmuré. Le cormoran s'y réfugie dans le secret de la mousse, le silence des pierres.

Il va le cormoran, à la source du Lison, fasciné par cette eau qui vient d'échapper à l'obscurité.

Il va le cormoran, jusqu'au chêne de Flagey, évite l'arbre monument et échappe à la mort.

Là-bas à Ornans, sa Loue contourne les falaises qui s'écartent pour lui donner accueil.

Une barque à fond plat y dérive jusqu'au bas de la pente.

BONSOIR MONSIEUR COURBET

Quelque chose de plus grand que moi m'habite désormais.
Des rencontres, des vies, des morts ont investi mon livre.
Heures de chance où l'on se sent traversé.
J'avais en permanence sous les yeux, le corps vivant de toutes mes heures d'enfance. Tourment devant mon pays à la fois si intime et si lointain.
Regarder les quarante au pied de la falaise, choisir un point de départ dans leurs gestes et entrer en scène avec eux, au milieu d'eux.
S'installer entre deux virgules et laisser venir.
Entrez, entrez, les non appelés, il y a encore de la place.
Zoé, Lydie, Zélie, sous vos bonnets de dentelles, bedeau sous sa toque rouge tout droit sorti d'une toile italienne du Moyen Âge, venez au bord de la Loue, les mots et les temps s'y enlacent.
Cent cinquante ans après, j'ai rejoint tous ces moments éparpillés où quelque chose du monde a emprunté mon regard, mes mots. Place pour le secret, écrire c'est toujours inventer.
Réalité suspendue, inquiète, tremblée de celle qui ressemble pour moi à une Gradiva contemporaine.
Elle entre dans mon livre comme une intruse, sans frapper.
Elle s'empare de mes mots, les fait siens.

Vagabonde, elle s'égare, erre entre mes lignes, dans mes allées, elle s'y faufile, s'y perd, puis soudain resurgit dans mes pages, s'en vient les consulter.

Elle ne les profane jamais mais les regarde avec exigence. Alerte, elle déambule, ses pas soulèvent une poussière, un nuage sépia où dansent mes mots. Elle les absorbe, les cache dans les plis de sa robe puis les égrène sur mon chemin.

Elle presse le pas comme animée par une mission insigne, marche vers la Loue sans se retourner.

C'est toujours là que je la rencontre.

D'abord elle foule la rive sans sabots, sans les sabots de Diaichotte, c'est là son seul nom de Comtoise.

Allègre, elle tournoie sur l'herbe humide jusqu'à l'essoufflement, puis s'assied soudain dans le coin le plus sec de la barque.

Elle glisse un peu sur l'eau puis très vite prend son élan pour sauter pieds nus sur le sable de la berge.

Mon livre est l'empreinte de son pied.

LEXIQUE FRANC-COMTOIS

Elle allure : manière spécifique de se comporter.
Aussi bien : expression explétive qui ponctue une phrase sans en changer le sens.
Baguenauder : tourner en rond.
Beuiller : guetter, épier.
Bréquiller : bricoler.
Cautaine : femme bavarde.
Cudot : celui qui fait des bêtises.
Daubot : simple, idiot.
Dérobe-vin : cave à laquelle on accède par une trappe.
Diaichotte : jeune comtoise coiffée d'un diairi.
Égréli : altéré, rétréci par la soif.
Gouillasse : femme comparable à la boue.
Il fait cru : froid et humide.
Je crois vous savoir : vous connaître.
L'enterrement à la dame et non de la dame, comme la sœur de ma mère et non à ma mère.
Larmier : soupirail d'une cave.
Laver le bouquet : boire un coup pour fêter quelque chose.
Maille-toi : dépêche-toi.
Maquevin : vin doux + eaude vie.
Mettre le pied de travers : dévier, se fourvoyer.
Michotte : petite miche de pain.
Mouchot : morceau de bois que le feu a épargné.
Mougeotte : panier d'osier.
Mouillotte : vin sucré + cannelle avec du pain.
Nous deux mon homme : nous deux suivi du nom d'une personne pour éviter « mon homme et moi ».
Plumon : édredon.
Rattroupés : réunis en groupe, resserrés.
Réduire la table : débarrasser la table.
Relavure : eau de vaisselle.
S'émeiller : s'émouvoir, se poser question.
S'ensauver : se sauver.
Se déboucher : se découvrir.
Se diriger contre : aller du côté de.
Se donner garde : éviter de.
Se gêner : sentiment de réserve et de crainte.
Sommière : large chemin au bord d'un bois.
Ventre jaune est un mangeur de gaudes (à base de farine de maïs).

Tuyé : de l'ancien français « tuel » au XVIIe siècle, mot attesté par un marchand italien, image de 1595. Grande cheminée en forme de tronc de pyramide qui couvre totalement une pièce. Au-dessus du foyer on fume la viande et les saucisses de Morteau. L'immense cheminée s'ouvre dans la toiture par des volets de planches mobiles qui se manœuvrent de l'intérieur au moyen de longues cordes.

Romans et nouvelles d'Europe aux éditions L'Harmattan

ALCIBIADE
L'enfant terrible de la Grèce
Plaïtakis Babis
Il avait placé son intérêt personnel au-dessus de l'intérêt général. *Alcibiade* est toujours très actuel : démocrate à Athènes, oligarque à Sparte, royaliste en Perse, anarchiste en Thrace... Pris au piège par ceux qui veulent sa mort, Alcibiade se confie à la courtisane Timandra. Parallèlement nous suivons l'évolution d'une fouille archéologique qui porte à la lumière les ossements d'un homme recouverts de bijoux de femme !
(Coll. Roman historique, 20.00 euros, 202 p.)   ISBN : 978-2-296-96736-6

APOLLON DE LILLEBONNE (L')
Grammare Gisèle
L'Apollon de Lillebonne , sculpture exposée au Louvre, porte le nom de la petite ville du Pays de Caux où elle fut trouvée. Lillebonne fournit à l'auteur le motif initial de ce récit biographique. Texte traversé par les souvenirs issus surtout de la famille paternelle. La trajectoire sociale du père occupe une place centrale. Avec comme cadre du récit la ville du Havre, avant et après la seconde guerre mondiale. Dans la boutique du père, marchand de vin, se déroulent des échanges qui détermineront l'ouverture au monde de l'auteur.
(Coll. Ecritures, 13.50 euros, 120 p.)   ISBN : 978-2-296-96539-3

AU CREUX DU VENTRE DE MA MÈRE
Roman
Cornet Philippe
La dépouille d'une femme âgée sert d'écritoire à son fils pour retracer la vie de sa mère, Valentina Fiore, émigrée italienne venant chercher dans le Paris d'après-guerre l'accomplissement de son rêve de jeune femme. Les visites répétées à la morgue, les fragments de cadavre, permettent au narrateur d'explorer les méandres d'une vie qui pourrait être ordinaire si ce n'était celle de sa mère. De quelle nature est le lien du narrateur avec cette femme, dont la dépouille mortelle lui est présentée chaque jour, à sa demande, pour un dialogue impérieux mais impossible ?
(21.00 euros, 216 p.)   ISBN : 978-2-296-99074-6

CERCLE DE MESSMER
Roman
Kross Jaan
Traduit de L'estonien par Jacques Tricot
Dans ce récit, l'auteur nous plonge dans l'Estonie avant et pendant la Deuxième Guerre mondiale. Le narrateur se souvient : sa vie d'étudiant dans un petit pays qui s'efforce de survivre face à l'appétit croissant des grandes

puissances prédatrices voisines, les examens, les filles, l'inquiétude devant les évènements qui troublent l'Europe et qui vont la troubler bien davantage. Puis vient la guerre à laquelle l'Estonie, contre toute évidence, espère pouvoir échapper...
(34.00 euros, 384 p.) ISBN : 978-2-296-54492-5

CHRONIQUES SOUS UN ARBOUSIER
Roman
Desprès Paul
Dans les années 1950, la vie tranquille d'un village de Saône-et-Loire est secouée par des événements *a priori* sans grande importance, mais qui s'enflent démesurément sous l'effet des rumeurs. C'est l'histoire d'une famille implantée de fraîche date dans cette communauté et confrontée à des difficultés d'intégration. Rumeurs sur l'origine gitane de la mère, sur fond de sorcellerie, de secrets de famille et de malveillance de certains habitants.
(27.00 euros, 270 p.) ISBN : 978-2-296-57032-0

CORRESPONDANT DE GUERRE
Darnal-Lesne Françoise
Tchekhov est parti dans une guerre idéologique de dénonciation du bagne à une époque où les frontières qui séparent le reportage de la fiction demeurent encore perméables. A travers ces correspondances, il offre une vision alternative de la situation de la relégation et de la Sibérie qui contraste avec la version officielle. Il espère ainsi susciter une vague d'indignation et creuser l'écart entre la propagande gouvernementale et la réalité qu'il découvre.
(Coll. Espaces Littéraires, 10.50 euros, 72 p.) ISBN : 978-2-296-57018-4

DISPERSIONS – Roman policier
Moreau Max
Ce thriller raconte les tribulations de Geoges Walter Mitchell, une puissante figure du contre-espionnage américain, et de Daniel-Henri Lagarde, directeur du contre-terrorisme à la DCRI, dans l'asile glacial de la guerre économique et dans le destin d'un chercheur iranien aux activités souterraines. Cette fresque colorée retrace une passionnante chronique des dessous des jeux financiers de l'armement, de l'ampleur des pratiques douteuses et de leurs conséquences désastreuses.
(14.00 euros, 136 p.) ISBN : 978-2-296-99394-5

ÉVASIONS – Nouvelles
Vioux Danielle
Qu'est-ce qui unit une vieille dame indigne en fugue, un adolescent mal dans ses baskets, une femme en quête d'une «passeuse», une détective un peu décalée, une homme monté par hasard dans un étrange autobus, et tous les héros de ces nouvelles ? C'est que les uns et les autres tentent d'échapper à une vie qui ne leur convient pas et de trouver leur route, parfois douloureusement, parfois dans le rire ou l'autodérision. Peut-être y rencontrerez-vous l'écho de vos envies d'ailleurs.
(Coll. Ecritures, 18.00 euros, 182 p.) ISBN : 978-2-296-96568-3

HANNETONS NE SAVENT PAS L'HISTOIRE NATURELLE (LES)
Roman
Olivier Jean-Paul
Le hanneton ne connaît pas l'histoire naturelle. Il ne tient pas compte de l'expérience et c'est pitié que de le voir reproduire les mêmes erreurs de vol sans se lasser. Il n'est certes pas le seul. L'homme aussi peine à sortir des sentiers battus. Ce roman nous emmène dans la France des années 1950 sur les traces d'un héros à la famille chaotique qui profite pourtant des joies simples d'un milieu à la rusticité chaleureuse de Haute-Saône. Privé de sa mère, repris en main par un père à éclipses, le jeune garçon traversera les épreuves pour parvenir au même résultat que tout un chacun...
(Coll. Amarante, 34.00 euros, 338 p.)   ISBN : 978-2-296-57011-5

MOI ET MON CRABE
Jean-François Schved
Le crabe, un cancer, s'invite dans le poumon du narrateur. Commence alors une relation triangulaire : le crabe, le malade et le médecin. Le texte pose des questions récurrentes parce qu'essentielles sur la vérité au malade. Le personnage principal porte un regard lucide sur sa relation obligée avec le médecin. La voix du patient-narrateur s'exprime dans un monologue intérieur qui se substitue souvent à celle du médecin-auteur qui permet au praticien de prendre le recul suffisant pour mieux appréhender les difficultés de l'exercice médical.
(13 euros, 112 pages)   ISBN : 978-2-296-99253-5

PRENEUR D'IMAGES
Pino Concetta
Comme c'est agréable de se blottir dans le monde de son enfance quand celui-ci est doux, mais remonter dans le temps peut être une souffrance quand les seuls souvenirs sont l'absence et la solitude. Partager son savoir est une manière de tisser des liens entre humains, devenir un adulte prêt à affronter les pires réalités. Pouvoir sauvegarder la beauté sans perdre l'enfant qui vit dans ses entrailles à jamais.
(14.00 euros, 132 p.)   ISBN : 978-2-296-96377-1

RENCONTRE D'HIER
Transposition littéraire
Lamon Dominique
Une alerte, quelques clics sur eBay : une vieille dame se retrouve propriétaire du tableau d'un peintre dont les oeuvres sont disséminées en France et dans le monde entier. Pendant le nettoyage de la toile, au fur et à mesure que réapparaissent les contours et les couleurs, elle se retrouve transposée dans les tonalités et les sonorités du Paris de son enfance, dans l'appartement du peintre et de son épouse, écrivain et poète...
(Coll. Amarante, 13.00 euros, 114 p.)   ISBN : 978-2-296-57025-2

RETOUR À RODEZ – **Roman**
Lafon Andrée
Que va chercher Louise à Rodez après une si longue absence ? Revoir la rue où le peintre Soulages a passé son enfance ? Toucher du doigt les traces de

la première amitié, la première solitude ? Louise rôde à Rodez. À chaque coin de rue les pierres lui parlent sur tous les tons. Elle se fait archéologue à la recherche des émotions anciennes. Mais quelque chose l'effraie dans ces retrouvailles, le risque de mettre à jour une part d'elle-même restée secrète.
(Coll. Amarante, 13.00 euros, 114 p.)   *ISBN : 978-2-296-57005-4*

TENCIN, LA SCANDALEUSE BARONNE DU SIÈCLE DES LUMIÈRES (LA)
Bernard Daniel
Comment au XVIIIe siècle, dans les salons littéraires, une petite aventurière de province, une Messaline à la volupté automnale devint-elle une des reines de Paris ? L'auteur nous livre un portrait sans concession de celle qui s'arrogea, outre le titre de marquise, celui de baronne de l'Île de Ré. Il nous emmène sur les traces de cette intrigante femme de lettres...
(19.00 euros, 200 p.)   *ISBN : 978-2-296-99113-2*

TROIS HISTOIRES D'ARCHÉOLOGIE MÉDIÉVALE
Bourgouin Sylvie
La présence normande à Mahdia de 1148 à 1160 exprime la fascination de la mer Méditerranée et la vision d'un site archéologique éblouissant. *La vie des gens à Vieux-Port du Xe au XII siècle* porte encore la marque maudite des exclus du Moyen Âge qui venaient mourir à la maladrerie de la chapelle Saint-Thomas. *L'approche comparative entre la grande mosquée de Mahdia et la grande mosquée de Kairouan* manifeste la volonté architecturale d'un rapprochement entre la ville et la mosquée, entre le travail et la prière. Trois histoires extraordinaires où le fantastique illumine le quotidien.
(20.00 euros, 202 p.)   *ISBN : 978-2-296-99587-1*

VIE EXTRA (LA) – Nouvelles
Jannic Hervé
Echapper à la banalité de la vie courante, braver les lois de la nature... N'est-ce pas ce qu'espèrent au fond d'eux-mêmes beaucoup d'entre nous ? Pourtant, rien n'est plus confortable que la routine, car finalement, quoi de plus angoissant que de se retrouver en terre inconnue, d'être confronté à l'inédit ? Ces treize histoires racontent comment des gens tout à fait ordinaires ont vu leur existence bouleversée par un événement extraordinaire et s'en sont difficilement remis...
(Coll. Ecritures, 21.00 euros, 214 p.)   *ISBN : 978-2-296-96553-9*

VOYAGE DES BLANCHISSEUSES (LE) – Roman
Serrie Gérard
Le tableau d'Edgar Degas *Les blanchisseuses souffrant des dents* fut dérobé en décembre 1973 au musée des beaux-arts du Havre. L'auteur du vol disparut avec le célèbre tableau et ce n'est que trente-sept ans plus tard que la toile réapparut au catalogue de la maison d'enchères Sotheby's à New York. Entre ces deux faits marquants, les Blanchisseuses ont fait un voyage peu ordinaire, et c'est ce que raconte ce roman.
(15.50 euros, 148 p.)   *ISBN : 978-2-296-96244-6*

L'Harmattan, Italia
Via Degli Artisti 15; 10124 Torino

L'Harmattan Hongrie
Könyvesbolt ; Kossuth L. u. 14-16
1053 Budapest

Espace L'Harmattan Kinshasa
Faculté des Sciences sociales,
politiques et administratives
BP243, KIN XI
Université de Kinshasa

L'Harmattan Congo
67, av. E. P. Lumumba
Bât. – Congo Pharmacie (Bib. Nat.)
BP2874 Brazzaville
harmattan.congo@yahoo.fr

L'Harmattan Guinée
Almamya Rue KA 028, en face du restaurant Le Cèdre
OKB agency BP 3470 Conakry
(00224) 60 20 85 08
harmattanguinee@yahoo.fr

L'Harmattan Cameroun
BP 11486
Face à la SNI, immeuble Don Bosco
Yaoundé
(00237) 99 76 61 66
harmattancam@yahoo.fr

L'Harmattan Côte d'Ivoire
Résidence Karl / cité des arts
Abidjan-Cocody 03 BP 1588 Abidjan 03
(00225) 05 77 87 31
etien_nda@yahoo.fr

L'Harmattan Mauritanie
Espace El Kettab du livre francophone
N° 472 avenue du Palais des Congrès
BP 316 Nouakchott
(00222) 63 25 980

L'Harmattan Sénégal
« Villa Rose », rue de Diourbel X G, Point E
BP 45034 Dakar FANN
(00221) 33 825 98 58 / 77 242 25 08
senharmattan@gmail.com

L'Harmattan Togo
1771, Bd du 13 janvier
BP 414 Lomé
Tél : 00 228 2201792
gerry@taama.net

638369 - Janvier 2016
Achevé d'imprimer par